呼和浩特往事

HUHEHAOTE WANGSHI

额博 著

内蒙古出版集团
远方出版社

图书在版编目（CIP）数据

呼和浩特往事 / 额博著. -- 呼和浩特 : 远方出版社，2023.2
ISBN 978-7-5555-1807-5

Ⅰ. ①呼… Ⅱ. ①额… Ⅲ. ①散文集－中国－当代
Ⅳ. ①I267

中国国家版本馆 CIP 数据核字（2023）第 018491 号

呼和浩特往事

HUHEHAOTE WANGSHI

著　　者　额　博
责任编辑　王　叶
责任校对　李　婧
装帧设计　王艳艳
出版发行　内蒙古出版集团　远方出版社
社　　址　呼和浩特市乌兰察布东路 666 号　邮编 010010
电　　话　（0471）2236473 总编室　2236460 发行部
经　　销　新华书店
印　　刷　三河市华东印刷有限公司
开　　本　787 毫米 ×1092 毫米　1/16
字　　数　356 千
印　　张　18.5
版　　次　2023 年 2 月第 1 版
印　　次　2024 年 3 月第 1 次印刷
标准书号　ISBN 978-7-5555-1807-5
定　　价　88.00 元

【序】

额　博

在水草丰美的敕勒川草原，有一条从大青山流出的山泉汇成的河流，河水甘甜可口，河岸两边驻牧的蒙古族牧人给这条河起了个名字——扎达盖河。明廷与雄踞土默川的北元领主阿勒坦汗“隆庆和议”后，万历三年（1575年），阿勒坦汗与夫人三娘子在河的东岸建了一座城市，叫库库和屯，明廷赐名“归化城”。

从此，扎达盖河两岸召庙林立，商铺酒肆鳞次栉比；桥牙子与晋商在牛桥用“袖筒语”交易牲畜，妇女在河边洗菜，男人们则遛鸟读书。扎达盖河，真可谓归化城的母亲河。

呼和浩特北靠大青山，南处洪水冲击平原，黄河和大黑河从土默川平原向东流去。大青山作为城市的天然屏障，阻挡了来自北方的寒流风沙。呼和浩特东北环山，冬无严寒，夏无酷暑，气候宜人，充沛的地下水资源，十分适宜发展畜牧业和农业生产。大青山上松、柏、桦、榆等森林资源丰富，野生动物品种繁多。

土默特部不仅开放长城九边，允许晋陕农民、商人开发土默川草原，让他们务农、经商，还以宽广的胸怀接纳多个宗教在归化城建堂传教，使其在这座城市里和睦相处几百年。

清康熙三十六年（1697年），康熙皇帝的恪靖公主下嫁漠北喀尔喀亲王敦都布道尔吉，浩浩荡荡的送亲队伍途经归化城时，正值阳春三月。塞外古城，商贾云集，满城皆是商铺酒肆、戏院茶楼。公主一路鞍马劳顿，被如黛的阴山、清澈的扎达盖河吸引，于是传令文武一行在扎达盖河畔安营驻扎。公主白日与附马爷在扎达盖河畔策马赏景，入夜则在归化城品茗听戏，乐不思归。公主嫌漠北荒僻苦寒，上奏父皇在归化城建府居住。康熙宠爱恪靖公主，下旨准奏，由清廷工部拨银，敕建五进院落带后花园的和硕公主府。

清乾隆二年（1737年），清廷为稳定北疆，在归化城东五里的四王庄，由国库拨银建了一座用于军事防御的绥远城。

20世纪60年代呼和浩特人口很少，平时街上没有什么人，全市只有两路公交车，大多数人出行主要骑自行车。那时一到中午十二点半，家家户户便守在有线广播的喇叭下，或围坐于收音机旁，收听袁阔成先生讲的评书《平原游击队》。呼和浩特是个避暑胜地。夏夜，一家人坐在葡萄架下望着满天的星斗，空气中弥漫着花木的清香，草丛里不时传出蟋蟀的鸣叫，偶尔还能听到五里外的公园里老虎的长啸和南门外桥靠村村长用高音喇叭吆喝村民上工的广播声。

旧城是大西北商贸集散中心，新城是省府所在地，党政要员和王公贵族都居住在以鼓楼为中心的诺嘎拉街、家庙街、元贞永街和东西落凤街。军政要员住在五脊六兽的大宅门，满八旗校尉兵丁也住在独门独户的四合头砖瓦小院。新城只有永盛泉酱菜园、清和园饭店以及瑞兴号、拐计合、回族生熟肉铺等几家商铺。大多数居民净是在衙门里当差的官吏、掌案、笔帖式，或是领俸禄的满族官兵。

新城人重文尚武，老一代文化人都在南街 1 号院长白书院读过书，年轻人大多是奋斗中学（今呼市二中）的学生。新城人普遍喜爱武术，大多在西落凤街 38 号关德山先生处习武练拳。新城人家的院中广植花草树木，几乎家家有一架葡萄。那时中午开着窗户睡觉，常常从外面飞进来漂亮的蝴蝶。新城人重视绿化环境，在阜安门外淌马河两岸，有大片的榆树、柳树、丁香树。姑子板比利时公教医院的穿天白杨树是从欧洲引进的树种。呼和浩特人送葬有折柳枝插在坟头前的习俗，谓之“引魂幡子”，几年后柳枝就能长成参天大树。当年站在新城鼓楼上，遥望横平竖直像棋盘一样的绥远城，将军衙署、民宅庭院、寺庙教堂等都掩映在古树花木之中。

海纳百川，有容乃大。呼和浩特地广人稀，“走西口”的农民在后山开上几十亩荒地，连肥都不用上，春播秋收，再养上十几只羊、两口猪就是一个小康之家。呼和浩特的大多数市民来自山陕地区，还有 20 世纪 50 年代支边的群众。呼和浩特民风淳朴，这里的人待人真诚，好客热情。

呼市人生活安逸，不愿到处打工经商，闯世界。老一代人说：“好出门，不如赖在家。”呼市人留恋家乡，不太向往繁华大都市的生活。呼和浩特这座城市不大，人们享受着恬静舒适的慢生活，早上七点起床，或迈着四方步到公园遛狗，或去泡茶馆吃稍麦，中午还能睡个安稳的午觉。晚上再约几个朋友喝小酒、侃大山，过得十分惬意。曾有人调侃：“宁要呼市的一张床，不要北京的一套房。”

呼和浩特历史上没有大的自然灾害。呼和浩特人不以出身论英雄，不以是否有钱评判一个人。勤奋、善良、有爱心的人，最受人们的尊重。这里是一块绿色净土、风水宝地。老呼和浩特人无论走到哪里，都十分怀念自己的故乡。呼和浩特是个有人情味的地方。

2023 年 3 月

【目录】

扫码听书

绥远城奶奶庙会

绥远城的驼队归来

话说呼和浩特

扫码听书

呼和浩特旧城大北街

绥远城迎旭门内

绥远城阜安门内

北元蒙古领主阿勒坦汗与明廷在大同得胜堡“隆庆议和”后，与夫人三娘子在水草丰美的扎达盖河畔，按照元大都的图纸建了一座城，为库库和屯，明廷赐名“归化城”。

阿勒坦汗信奉喇嘛教，在归化城广建召庙。到清朝末年，归化城有七大召、八小召、七十二个免名召，因此呼和浩特历史上又被称为“召城”。

土默特蒙古人以包容的精神，接纳道教、伊斯兰教、天主教、耶稣教来归化城建堂传教，于是呼和浩特出现四个不同的教门能在同一个城市里和睦相处几百年的情况。

乾隆二年（1737年），清廷在归化城东五里的四王庄，由国库拨银建了座用于军事防御的绥远城。

呼和浩特市北靠大青山，南面有大黑河、黄河，地处洪水冲击平原地带。大青山作为城市的天然屏障，阻挡了漠北的寒流风沙。呼和浩特市东北环山，西南两河环绕，冬无严寒，夏无酷暑，气候宜人，十分适宜人类居住。呼和浩特市有充沛的地下水资源，适宜发展畜牧业，开展农业生产。呼和浩特市文化积淀深厚，历史上文人墨客留下了许多脍炙人口的诗句。其中最著名的是北魏诗人登临风景秀丽的乌素图马头山，把酒吟唱出的千古名句："敕勒川，阴山下，天似穹庐，穹笼盖四野。天苍苍，野茫茫，风吹草低见牛羊。"大青山上森林资源丰富，野生动物多样。乌素图、哈拉沁等十几处山沟里的泉水汇成河流，为呼和浩特市提供了优质水源。曾经的自治区党委大院、水源街、内蒙古日报社院内，十几处自流井喷涌而出的井水汇入新城护城的淌马河、卧龙岗公园外养鱼湖、内大院内养鱼湖（满都海公园）等十几片湖泊。大马路体育场、游泳池及内蒙古中蒙医院这一带过去有水泡子，沼泽、芦苇密布，是一片湿地。

早在清末民初，呼和浩特市有将军衙署后花园、绥远公园(新城宾馆）、家庙街的屠家花园（内蒙古党委南院）、卧龙岗公园、翟家花园（乌兰夫纪念馆）、怿园（呼市一中）等，各具特色。20世纪60年代，呼和浩特市人口很少，平时街上没有什么人，全市只有两路公交车，人们出行主要是骑自行车，街上偶尔能看见领导坐的黑色吉姆轿车和华沙甲壳虫轿车。那时候一到中午十二点半，家家户户便守在有线广播的喇叭下，或围在收音机旁，收听袁阔成先生讲的评书《平原游击队》。

呼和浩特市是个避暑胜地，夏夜，空气中弥漫着花木的清香，一家人坐在葡萄架下，望着满天星斗，听着草丛里传出蟋蟀的鸣叫，好不惬意。在寂静的夜晚，人们还能听到五里外的公园内老虎的长啸声，承薰门外外桥靠村的村主任拉着长调，用此地话在大喇叭上吆喝着，或召集村干部开会，或发布二娃子家羊丢了的启事，或问询村西边谁家的毛驴跑到菜地里，被大队护菜的民兵扣住拴在大队部了……

旧城是大西北商贸集散中心，新城是省府所在地，党政要员和蒙满王公贵族，都居住在以鼓楼为中心的诺嘎拉街、家庙街、元贞永街和东西落凤街；军政要员住在五脊六兽的大宅门内，满八旗校尉兵丁也住在独门独户的四合头砖瓦小院里。新城只有永盛泉酱菜园、清和园饭店以及开杂货铺的邓斌，拐计合老掌柜，回族生熟肉铺的二福才、红眼儿家商铺。大多数居民净是在衙门里当差，有官吏、掌案、笔帖式，或是领俸禄的满族官兵。

新城人重文尚武，老一代文化人都在南街1号院的长白书院读过书，年轻人大多是傅作义将军创办的奋斗中学的学生。新城人普遍喜爱武术，大多在西落凤街38号关德山先生处习武练拳。新城人家的院中广植花草树木，几乎家家都有一架葡

中山路上的纯一善社　额博　摄

话说呼和浩特

回民美食茶汤

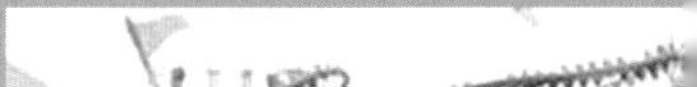

年货市场

萄。那时中午开着窗户睡觉，常常从外面飞进漂亮的蝴蝶。新城人重视绿化环境，在阜安门外、淌马河两岸栽有榆树、柳树、丁香树。姑子板比利时公教医院的穿天白杨树是从欧洲引进的树种，呼和浩特人送葬有折柳枝插在坟头前的习俗，谓之“引魂幡子”，据说柳枝几年就能长成参天大树。当年站在新城鼓楼上，遥望横平竖直像棋盘一样的绥远城，将军衙署、民宅庭院、寺庙教堂都掩映在古树花木中。

康熙三十六年（1697年），康熙皇帝的六女儿恪靖公主，下嫁漠北

喀尔喀亲王敦多布多尔济。浩浩荡荡的送亲队伍途经归化城时，正值阳春三月，塞外古城，商贾云集，商铺酒肆、戏院茶楼，鳞次栉比。恪靖公主一路鞍马劳顿，被如黛的阴山、清澈的扎达盖河吸引，于是传令文武一行在扎达盖河畔安营驻扎。公主白日与附马爷在扎达盖河畔策马赏景，入夜则在归化城品茗听戏。公主嫌漠北荒僻苦寒，上奏父皇在归化城建府居住。康熙宠爱恪靖公主，下旨准奏，由清廷工部拨银，勅建五进院落带后花园的和硕公主府。

海纳百川，有容乃大。呼和浩特地广人稀，晋、陕“走西口”的农民在后山开上几十亩荒地，连肥都不用上，春播秋收，再养上十几只羊、二口猪就是一个小康之家。新中国成立之前，呼和浩特市市民中晋、陕地区来的或20世纪50年代支边的移民占很大比例。

呼和浩特人生活安逸，不愿到处打工经商，闯世界。老一代人常说：“好出门，不如赖在家。”呼和浩特这座城市不大，这里的人们每天享受着恬静舒适的慢生活，早上7点起床，或迈着四方步到公园遛遛狗，或去泡茶馆吃顿稍麦，中午还能睡个午觉，晚上约几个朋友喝小酒侃大山，过得十分舒服。有人还调侃说：“宁要呼市的一张床，不要北京的一套房。”

我有一位朋友是华北弹吉他大王，叫白士均。士均多才多艺，风流倜傥，弹得一手好吉他，曾引领呼和浩特市新文化风潮。他父亲原是中国外经贸部司长，1957年被打成右派，到呼和浩特市政公司当工人。20世纪

80年代其父平反，举家回到北京。他被安排到国际商报社担任副总编，在北京工作如意，生活舒适。然而，京城之大，知音难觅。士均十分怀念在呼和浩特与一帮挚友大碗喝酒、大块吃肉，弹着吉他纵情歌唱的生活。于是，他辞掉国际商报社的工作，又回到了呼和浩特。

香港凤凰台台长王纪言，从小在呼和浩特长大，每年总要忙里偷闲地回呼和浩特小住几日。每次下飞机先到老绥远稍麦馆，喝老砖茶，吃羊肉大葱稍麦。纪言兄说，天津的狗不理包子、河南的灌汤包、上海的生煎包，都不如呼市的稍麦好。他在香港就想呼和浩特额尔敦的涮羊肉。有一次为了吃四子王旗的羊杂碎，他不顾70岁高龄，从呼和浩特市大运庄园出发，带着两个玩哈雷的北京小伙子，开着美国哈雷750排量的大摩托，一炮黄尘跑了100多公里，到乌兰花镇东坡街要了一个热焙子，吃了碗羊杂碎。北京市美协常务副主席官布，每次他儿子托亚夫回呼和浩特，他都会叮嘱儿子给他买十几个回民区宽巷子的白焙子。我的一位天津影友邢培强，是天津市投资公司的老总，在旧城北门投资建了佰盛公司。邢总走南闯北，吃遍了全国美味佳肴，在呼和浩特工作了两年，吃对了中山路鸿烨楼的涮羊肉和海西路白音浩日涡的手扒肉。他离开内蒙古后，每年立冬都会专程飞回来吃几顿涮羊肉、手扒肉，开春必到哈素海吃一顿开河鱼。

呼和浩特人不追捧明星大腕，也不歧视小人物。在旗县当司机，“四个轮子一转，给个县长都不干”。在呼和浩特市政府机关当司机，能跟领导一个桌上吃饭，有的司机还热衷于与领导讨论干部问题。有一次我和单位传达室的老爷子聊天，我问他每月能拿多少工资。老爷子说：“每月能拿三千元呢！”我说了句：“现在物价这么贵，工资有些低了。”老爷子说：“别看我钱拿得少，每天我还坐着呢！”在呼和浩特的大街上、公园里，你常能看到神态安详的老人，跳广场舞、遛狗、打扑克。呼和浩特人容易知足，知足就常乐。

呼和浩特是一个福地，历史上无大的天灾人祸。解放战争以“绥远方式”使市民免遭战火之灾。1960年大旱灾，河南、河北等地饿死很多人，呼和浩特却没有饿死一个人。不仅如此，经

春到乌素图

省府礼堂

新华大街

话说呼和浩特

钰泉井初雪　额博　摄

济发达的大上海，有3000名孤儿没有饭吃，在饥饿线上挣扎。自治区领导得知后，将孩子们悉数接到内蒙古，让呼和浩特市民及草原上的牧民把他们抚养成人。我国许多文化名人、艺术家们，由于营养不良，全身浮肿，不能从事艺术创作。自治区领导得知后，安排著名的作家老舍、叶盛陶、剪伯赞、梁思成等人来到内蒙古大草原采风创作。待离开内蒙古时，作家们个个红光满面，并创作出大量有关内蒙古的文学作品。

1957年，自治区领导将一批大艺术家、学者如美术大师王之英、邱时敏、马白等请到内蒙古大学、内蒙古师范大学等高等院校当教授，既提高了自治区高等教育的教学水平，又保护了一批知名学者。呼和浩特历史上多次接纳了为生活漂泊的移民。

呼和浩特人不以出身论英雄，不以人是否有钱评判一个人。呼和浩特是一片绿色净土，是一块风水宝地。呼和浩特人无论走到哪里，都十分怀念的自己故乡。呼和浩特是流浪者能安身、旅游者走进它就会难以忘怀的地方。呼和浩特是个有人情味的地方。

玉泉区正月十五夜景　额博　摄

呼和浩特的召庙

扫码听书

呼和浩特市历史悠久，召庙林立，有七大召、八小召和七十二个免名召，因此呼和浩特又有召城之称。

1577年，漠南蒙古土默特部领主阿勒坦汗，在青海湖畔察卜齐勒庙会见第三世达赖喇嘛索南嘉措。这位统领大漠南北，纵横长城以北广大地区的蒙古族首领，恭敬地坐在年轻的西藏宗教领袖身旁，认真聆听达赖三世讲经说法。从此，阿勒坦汗皈依佛教，并和达赖三世成了好朋友。

席里图召　额博　摄

阿勒坦汗返回土默川草原，立即在大青山下的扎达盖河畔大兴土木，建起了一座漂亮的喇嘛庙大召寺，后呈明万历皇帝赐名弘慈寺。第二年，阿勒坦汗的夫人三娘子在大召的北边建了一座城池，明廷赐名归化城。万历十四年（1586年），应阿勒坦汗之子僧格都楞汗之邀，达赖三世索南嘉措来到归化城，主持大召银佛寺的“开光法会”。1632年，清皇太极西征蒙古察哈尔部林丹汗，途经归化城，驻跸大召九间楼，亲赐大召为无量寺。清廷还将铸金皇帝万岁牌立于银佛前，从此，大召不再请活佛，成为红墙黄瓦的皇家寺庙，在大漠南北地位最高、名气最大。

万历十三年（1585年），达赖三世来

大召喇嘛跳查玛　额博　摄

归化城讲经布法，阿勒坦汗的儿子僧格都楞汗在大召东边为其建造了一座汉藏风格的召庙。达赖喇嘛的经师名叫席力图·固什·绰尔济，精通蒙古、藏经文，深受阿勒坦汗赏识。僧格都楞汗遂推崇大经师坐床，担任新召庙的首席活佛。自此，土默特部的王公信众，便将此庙叫作席力图召。

万历十六年（1588年），达赖三世在内蒙古圆寂，席力图活佛主持了达赖三世的法化舍里法会。第二年，依照土默特部贵族的愿望，席力图活佛按照藏传佛教的程序，主持了阿勒坦汗的孙子松布尔·彻辰·楚库尔台吉之子为达赖三世转世灵童的法会，席力图活佛同时成为达赖四世云丹嘉措的经师。在达赖四世坐床仪式上，席力图活佛亲自将幼小的四世达赖抱上法座。从此，席力图召成为大漠南北广大蒙藏信众心中的圣地。

明清两朝，土默特部不断扩大席力图召的殿宇，清朝康熙年间名望达到鼎盛，前面石头巷一带，商铺酒肆、戏院旅馆鳞次栉比，席力图召成为归化城规模最大、地位最高的召庙。

康熙三十五年（1696年），康熙帝御驾西征，途经归化城，为扩建的席力图召赐名延寿寺。席力图召大殿广场两侧，树立着康熙御制的四文体碑——平定噶尔丹记功碑，这更确定了席力图召在内蒙古政治、宗教界的独

五塔寺　额博　摄

特地位。清朝为席力图召定编驻寺喇嘛为108名，驻寺的活佛、达赖喇嘛利用席力图召在内蒙古地区政治、宗教界的威望，到处讲经说法，不断扩大寺庙的领地和庙仓，并在达茂旗水草丰美的召河建立了适合夏季避暑的召庙普慧寺；在东乌素图毫赖沟西五十家街建了巧尔齐召等属庙。席力图召鼎盛时期所拥有的草场、土地遍布大青山前后，一眼望不到边，牛马羊无数，旧城石头巷前有大量的铺面房产，喇嘛达1000多名。

康熙二十六年（1687年），从科尔沁云游到归化城的高僧内齐托音呼图克图，在阿勒坦汗孙子的帮助下，在席力图召东边靠官商、民间募捐建起了一座庙宇，民间俗称小召。康熙十八年（1679年），小召托音二世活佛转世到科尔沁草原明安部首领鄂齐尔台吉家中，9岁时赴北京朝见康熙皇帝及科尔沁籍的孝庄文皇太后。皇太后与皇帝对这位聪慧伶俐、活泼可爱的小老乡十分喜爱，康熙御批小召为朝廷注册的寺庙，并为驻寺喇嘛定了吃皇粮的编制，将小召提升为掌管归化城佛教事务的扎萨克召庙。

康熙三十年（1691年），内齐托音二世应邀出席由康熙主持的召集蒙古各部的多伦会盟，并受到与漠北宗教领袖哲布尊丹巴同级别的礼遇，后托音活佛跟随康熙帝策马披甲，远征漠北，征讨噶尔丹。康熙帝将内齐托音二世日间带在身边，夜里同帐共商大政，可谓亲密无间。内齐托音二世协助康熙皇帝一举击溃噶尔丹，取得昭莫多大捷。内齐托音二世与康熙帝身披战袍，头顶红缨头盔，骑着高头战马，威风凛凛地从庆凯桥凯旋，受到土默特部王公大臣、僧众市民的

席里图召牌楼　额博　摄

召河庙　额博　摄

热烈欢迎。

康熙帝在小召驻跸三日，临别将盔甲战袍、腰刀、弓箭等随身之物留在小召作为纪念。几百年来，小召喇嘛每年正月十五都要展示康熙御赐圣物，这一天被称为“晾甲日”。

康熙三十七年(1698年)，清廷下旨委任内齐托音二世活佛为归化城八大寺院掌印扎萨克，小召一跃成为在大召之上的宗教事务中心。随着地位的提升，小召不断修缮寺庙，建起宏伟的大殿和精美绝伦的排楼，扩大了庙仓，先后在凉城岱海之畔建荟安寺，在呼和浩特东南登努尔素山建了善缘寺等属庙。雍正五年（1727年），小召聘请京师、山西最好的工匠，建了内蒙古召庙建筑的巅峰之作慈灯寺，民间称五塔寺。

万历三十四年（1606年），察哈尔部有一位精通医术的佃齐呼图克图，四处云游来到大黑河流域行医，高超的医术深受土默特人的欢迎。当他来到大青山脚下的乌素图沟，被这里秀美的风光吸引，于是集资聘请蒙古族建筑师希古尔、拜拉设计建起了庆缘寺，佃齐呼图克图成为庆缘寺第一代活佛。乌素图沟山青水秀，林木茂盛，山泉甘甜，幽静的环境、优质的山泉使佃齐活佛80多岁依然耳聪目明、鹤发童颜，93岁圆寂。乌素图至清代又先后建起了长寿寺、法禧寺、广寿

席里图召白塔

小召牌楼

乌素图庆缘寺

寺、罗汉寺等寺庙群，成为呼和浩特八景之一的阴山古刹，也是杏花翻坞的风景旅游胜地。

明朝时期，朝廷为了统治能征善战的蒙古各部，大力提倡蒙古族信仰佛教，为此，朝廷极力提高活佛喇嘛的政治地位，由朝廷出资，派工匠将蒙古地区的召庙修建得宏伟壮丽、金碧辉煌，蒙古各部落的庙宇比王爷府还要气派，蒙古盟旗都将最好的草场、土地分配给了寺庙。大召、席力图召地位特殊，庙脊挂的是只有皇家才准许的黄瓦，大召又供奉皇帝金牌，旧时行人从大召山门前过，文官得下轿，武官必下马。

活佛、达赖喇嘛属于宗教上层人物，不受当地衙门管理，凡宗教事务可直接上报朝廷，直接呈皇帝批复。对身披黄袍的宗教界人物，绥远将军、蒙古王公贵族都得礼让三分。寺庙的喇嘛不参加社会劳动，不服兵役，免除徭役，从小在寺院接受严格的教育，日日念经、学医术，习佛教绘画、雕塑艺术。因当喇嘛能成为有文化有身份的上等人，便有蒙古族人家争相将自己最聪明健康的孩子送到庙里当喇嘛。清乾隆年间喇嘛教达鼎盛时期，蒙古族家家都有在召庙里当喇嘛的亲人，辛苦一年的收入，都会拿出一部分布施给寺庙。清朝归化城的酒肆商业、戏院烟馆，都是围绕着寺庙而繁荣起来的。土默特领主阿勒坦汗让孙子松布尔出家当活佛（四世达赖云丹嘉措），鄂尔多斯的王爷送儿子去青海塔尔寺当活佛（中国佛教协会原副主席乌兰活佛）。

辛亥革命后，呼和浩特的寺庙失去清朝的优待政策，喇嘛的日常生活主要靠出租寺庙的草场、土地、房屋和信众的布施维持。中华人民共和国成立后，党实行宗教信仰自由政策，1953年4月，呼和浩特市政府拨专款修缮了已破败不堪的席力图召。1956年10月25日，席力图召将1946年转世青海的灵童、十一世席力图召活佛扎木苏从青海塔尔寺请回到席力图召坐床。

1957年4月，内蒙古自治区第一届佛教代表大会召开，正式成立了“中国佛教协会内蒙古自治区分会”，自治区政府副主席王再天、哈丰阿，内蒙古党委统战部副部长武达平，中国佛教协会副主席噶拉藏，内蒙古民委主任鄂其尔呼亚克图等领导出席了大会。内蒙古宗教局为各大寺院喇嘛定了编制，恢复了召庙的宗教活动。

为了提高喇嘛医生的水平，培养更多的喇嘛医生为广大基层群众治病服务，经内蒙古卫生厅厅长胡尔沁提议，在中国佛教协会副主席噶拉藏主持下，从全区各盟市召庙选派喇嘛医生，集中在乌素图召举办蒙医培训班，不同程度地提高了喇嘛医生的医术水平。

1952年内蒙古自治区成立5周年，自治区领导陪同中央代表团团长彭泽民，副团长萨空了、朋斯克参观席力图召。1958年10月27日，自治区主席乌兰夫、活佛扎木苏、内蒙古宗教局领导云善善陪同贺龙、聂荣臻、罗瑞卿一行参观席力图召。1959年11月23日，全国人大常委会副委员长班禅额尔德尼在国家民委主任汪锋、中国佛教协会副会长噶喇藏陪同下到席力图召、大召，为呼和浩特僧侣、信众讲经说法。

中华人民共和国成立后，小召、五塔寺召已破败不堪，于是玉泉区政府将小召改成学校，五塔寺被呼和浩特市木器厂当成木材仓库。“文化大革命”期间，内蒙古的寺庙遭受到毁灭性的破坏，大召被民族服装厂占用，席力图召由于内蒙古民委主任李森、内蒙古宗教局领导住在东西院内，采取了一些保护措施，使得这座精美的寺庙没有遭到灭顶之灾。乌素图召遭到严重破坏，乃莫奇召成了制作马头琴、二胡的呼和浩特市民族乐器厂。呼和浩特大部分寺庙被占用或彻底拆

乌素图召瑞雪

除，召庙的活佛、喇嘛受到迫害批斗，大部分流落社会，生活无着落；一部分喇嘛被安排在卷烟厂、呼和浩特钢铁厂、人民电影院等企业当了工人。

党的十一届三中全会后，呼和浩特市政府将占据寺庙的企业搬出，拨专项资金修复庙宇，恢复了正常的宗教活动。内蒙古自治区佛教协会在大召九间楼恢复办公，内蒙古宗教局将大召、席力图召的活佛喇嘛扎木苏、赵计计、赵九九等老中青喇嘛召回召庙工作，政府逐年拨款修复寺庙，香火得以恢复。内蒙古宗教局在五当召、乌素图召办起佛学院，培养了一批有佛教信仰的小喇嘛，将其分配到各召庙从事佛事工作，开展宗教活动。近些年，呼和浩特市政府以大召、席力图召为中心扩建了大召广场，兴建了老归绥商业街、呼和浩特特色小吃稍麦一条街、老字号大盛魁文创园等。

大召庙会

席力图召

呼和浩特的各大召庙由政府投入、民间捐资进行了修缮扩建。如今的大召和席力图召、五塔寺、乃莫奇召，除了满足呼和浩特市佛教信众的礼佛活动需要，还以精美的佛教建筑艺术、悠久的历史文化，成为呼和浩特最具地方特色、最有历史文化内涵的标志性城市建筑。

小召前的马车

大召西夹道　额博　摄

大召

扫码听书

大召东仓

财神庙

大召

旧城南柴火市　额博　摄

大南街席力图召往西是东夹道，有冥品商店、土产商店，路北是旧城最大的江南绸缎商店。路南有家北京人开的“王一帖”狗皮膏药店，这是家老字号，门前挂了一个鸟笼，笼内有一只会说话的八哥，每有游客路过店前，八哥就会说“王一帖膏药好”，引得路人驻足观看，有些人出于好奇还会进店里转转。店主是王一帖的儿子王麒麟先生，王掌柜手足有残疾，但头脑聪慧、口齿伶俐，经营有方。他家店铺四壁挂满用中外各种文字写的“妙手回春”“华佗在世”等锦旗。王先生的老伴将银库细料、成品库的钥匙挂在腰间管理。王先生用一口北京话为客人介绍他家祖传膏药的神奇功效，谁家中有老人腰腿疼，一定会买三包回去。如今归化城内，昔日的“大盛魁”“六陈行”等多少大商号积累的财富都让后代子孙用完花光，家庭败落。这些繁盛的王家商号、乔家皮行都湮没在高楼耸立、喧嚣嘈杂的都市中，唯“王一帖”膏药店依然生意兴隆，顾客盈门。再往前走就是大召。

清朝时由于康熙皇帝来过大召，在活佛宝座上为高僧大德们讲经布道，弘扬佛教，从此大召再不请活佛了。大召改成黄瓦红墙的皇庙，在银佛殿中立有“万岁牌”。过去经过大召山门时，文官下轿，武将下马。大召前是旧城最热闹的地方，有点儿像北京的天桥，耍把式卖艺的、打卦算命的、卖冰糖葫芦的、卖芥末凉粉的、摆小人书摊的，干什么的都有。给人印象最深的是拉洋片的小达子、卖酱马肉的四娃子，这些人最受孩子的喜爱。老头、老太太则坐在路边，专找江湖剃头挑子、补

玉泉井　额博　摄

小吃摊　额博　摄

旧城大召前

掏耳朵

牙郎中。玉泉井西边有几家铜铺银匠炉，生意最兴隆的是崔铁炉，旧城人打菜刀、剪子都找崔铁炉。大召前每天都是打铁声、鼓匠铺的吹打声、小贩子的吆喝声，此起彼伏，热闹非凡。大召西边有一家百年铜匠铺，老板张双月子承父业，打铜盆、铜火锅、铜酒具，最拿手的是为呼和浩特的寺庙打铜佛、法器等。过去大召附近有几十家打铜银器的铺子，如今只留有张双月老师傅一家铜匠铺了。

玉泉井是旧城水泉地，井水以甘甜纯净闻名。每日天不亮，井前就有卖水的挑夫、茶炉伙计提着三角铁斗子，排着长队来打水。往南路东是民国时期留洋回绥的著名外科西医何秉如先生在绥远开的第一家私人共和医院，也是绥远第一家西医院。大门上苍劲有力的“共和医院”几个大字，是由孙中山先生所书。中华人民共和国成立后，何秉如的儿子何秀安留学日本回来，子承父业担任了共和医院的院长。1959年公私合营，共和医院与公立医院合并，何秀安在呼和浩特市医院当副院长。

大召

玉泉八眼井

旧城小吃摊

玉泉井西有一家“庆春源”稍麦馆子。每天清晨，新城的满族贵人、汉蒙官员、商号掌柜们就会提着鸟笼到这里喝早茶、吃稍麦，大多数茶客就为喝玉泉井的水而来。据说用玉泉井水泡茶，水甘茶香，喝一上午也不腹胀。往前的南楼巷旁有一家茶馆，来这里的都是旧城一些闲居家中的老年茶客。这些人喜欢喝小叶茶，一壶小叶茶能喝十泡，上午就在茶馆消磨时间。玉泉井东边的德泰玉大药房旁是专供乡下进城卖农产品的农民歇脚的“大召饮水站”，一进门的大土灶台上放着十来个大黑茶壶，冒着热气。这里的长条骨排凳子上坐的都是社会底层的市民，这些人用粗瓷破损茶具，喝着湖北赵李桥的“川”字牌砖茶。他们不舍得吃稍麦，从回民铺里买上白焙子或鸡蛋焙子、油旋之类，沏上一壶酽酽的青砖茶，就能顶顿饭。他们从茶馆里的闲聊中打听农产品行情，探听些招工消息。中午时分，有钱人到“麦香村”

三元成老字号

小召前的菜市场　额博　摄

或“凤麟阁”吃酒席，老百姓则到山西祁县人开的剔鱼子馆吃上两碗剔鱼子。

大召东仓有家大召削面馆，是河北人田如义开的。田老板虽身有残疾，却经营有方，削面馆生意十分兴隆。削面馆的削面师傅将面顶在头上削，好似耍杂技，面刀在眼花缭乱中飞舞，三棱面像雪片般落入沸水中，再加上一小勺猪肉臊子汤，味道特别香。如今在山西大同也吃不上当年大召削面的味道了。店里有十几张油腻腻的桌子，里面灯光昏暗，人声嘈杂，烟雾缭绕，食客光着膀子喝酒划拳，老堂倌不时大声呵斥着进屋要饭的叫花子。食客进馆买面牌找座后，将面牌交给堂倌二秃子，小老头记忆力超人，十几张桌子的食客，哪张桌子要的是过油肉回勺面，哪几个人要的是猪肉老汤臊子面，一点儿差错出不了。

从大召削面馆出来，往东仓北巷说书场走走，醒木一拍，说书艺人王芬年的评书开始了。王先生过去是江湖没落艺人，后改行说评书。他以说武侠评书见长，

王一帖药店 额博 摄

其中《三侠五义》《大八义》说得最为精彩。王先生说起评书来，手中的扇子犹如十八般兵器在空中飞舞，说到精彩处，戛然而止。这时，人们开始给钱、倒茶，先生立刻风趣幽默地接着往下说。听书人来一次花钱虽不多，听得入了迷就得天天听。钱是小事，听书关键得有闲工夫。听书人大多是衣食无忧的有闲阶层。有些超级书迷听完还得请王先生喝上二两，书行称之为“罗汉请观音”。

旧城的有钱人喜欢到古董行去淘宝，买名人字画、古董文物玩风雅，穷人则常进通顺街的“人市”旧货行卖些破铜烂铁换点儿钱，到三和元饭馆吃饭，再到二手市场买些便宜的生活用品。“人市”在中华人民共和国成立前是生活无着落的人卖儿女的地方，中华人民共和国成立后这里成了旧城收废旧物品，卖旧家具、旧自行车的地方。过了十字路口，西北角就是“吉行里”妓院区，前几年这一带还有遗留下的很多妓院小门、小院、小房子。“人市”是呼和浩特最大的旧自行车交易市场，在这里进行二手车交易的中间人叫“提猴”，他们往往将收购来的旧自行车擦洗、维修一番，插上一根草，再拿到市场上推销。有识货的人还能在这个市场淘到七八成新的英国“三枪”“僧冒”等名牌自行车。

卖糖葫芦

货郎担子

旧城的街道

扫码听书

旧城大北街

旧城北门外

新城的街道方方正正，规规矩矩。26条大街和26条小巷，是经风水先生选城址、专家规划、皇家招标按图纸统一建成的。

旧城是按元大都风格建的一座城池。清末民初，晋商涌入，从召庙购买庙产地。历代土默特领主也乱批地盖房，从而形成旧城“大南街、西河沿、乃莫齐召、长合廊”的散乱布局，这里有“三湾四滩一圪料，大街十八零半道”，宽窄不一、横竖不直的街巷。

九龙湾在大北街，曾是蛐蛐鸟市；西河湾在西河沿上；胳膊湾在通顺北街，此三处并称“三湾”。

“四滩”中的后沙滩是牲口皮毛加工地；孤魂滩在旧城南郊，山西“走西口”的商人倘若死在旧城，回不了山西老家便埋在这里；荀家滩在尚义街一带；马莲滩位于归化城外的东北角，现在的新民街一带，因当时人烟稀少，到处长满马莲花而得名。旧城改造后，这一带变成了“心月家园”“世纪御园”“塞宝”等住宅区。

圪料街在席力图召前门，至小东街。这条街过去都是召庙的地产，庙周围的店铺商号无序地占地建房，形成了七拐八弯的圪料街。

大街是指大北街、大南街；半道街是指小召半道街。旧城最大的两条街是大北街、大南街。从归化城北城门通过瓮城两个门洞，就进入大北街。大北街路东是土默特旗都统衙门议事厅，系属明代兴建的三进大院，高大的建筑都是五脊六兽顶，大青石地基，水磨砖墙，十分威严，中华人民共和国成立后这里成为玉泉区法院。

大北街路西是个土产皮毛鞍具市场，里面都是小店铺，有皮毛商铺、毡匠铺、马鞍驼具行等。20世纪50年代，呼和浩特特别冷，我母亲在这个市场给我买了一双毡疙瘩，这种鞋走起路来虽然很笨，却非常暖和。

大北街往南有家天一照相馆，用玻璃天光照相，我和母亲、姐姐在这里照过相。大北街路西还有家门面装修成西方建筑风格的亨得利眼镜店，橱窗里有玳瑁镜框的高级近视眼镜和金银架子的水晶镜。旁边是西洋风格的美利斯钟表店，橱窗内有上海产的全钢手表，需凭工业券购买。还有国产三五牌座钟，德国、英国、瑞士产的高档手表以及制作精美的西洋大座钟，座钟上有旋转的洋小姐和骑士。还有一种钟，每过半个钟头，精美的小木屋便会内钻出一只金丝雀，扇动着翅膀开始鸣叫，每天都能吸引一帮小孩子和乡下的农民驻足观赏。

大北街路西还有归化城第一家创办的豫芳照相馆，用的是全套德国进口蔡司镜头的座机和外拍机。1934年蒋介石携夫人宋美龄视察归绥时，归绥省党部请豫芳照相馆的师傅拍过照片。1959年发大水，将豫芳照相馆冲毁，照相设备泡坏，豫芳照相馆倒闭。

家庭主妇喜欢到大北街的"万盛永"割沧州人刘凤翔家的酱牛肉。他家的酱牛肉由百年祖传老汤煮成，紫中透红，肉质疏松，醇香扑鼻。我每次走到这里，总赶上酱牛肉出锅，肉香飘满一条街，游人闻香而入，看到煮得烂糊糊、油光四溢的酱牛肉，纷纷购买品尝，我母亲偶尔也会给我买一大块酱牛肉让我解解馋。大北街路东有家以做海味出名的天香饭店，这里的红烧鱿鱼卷又鲜又嫩，刀法也细腻——将鱿鱼片切成鱼鳞形，下锅一见油就卷成鱼形，上盘十分好看；这里的红烧海参、油焖大虾做得也特别地道。我年少时与会拳脚、爱武术的张茂怀、张学孔、曾乃文等人在这家饭馆吃过饭。

大西街有一家华美号银匠铺，掌柜姓孟，系山西大同人。孟掌柜打制的银首饰做工很是讲究，他还能打制蒙古族的头戴、马饰等银器。

呼和浩特鸟瞰图

大召前　额博　摄

旧城的街道

西河沿　额博　摄

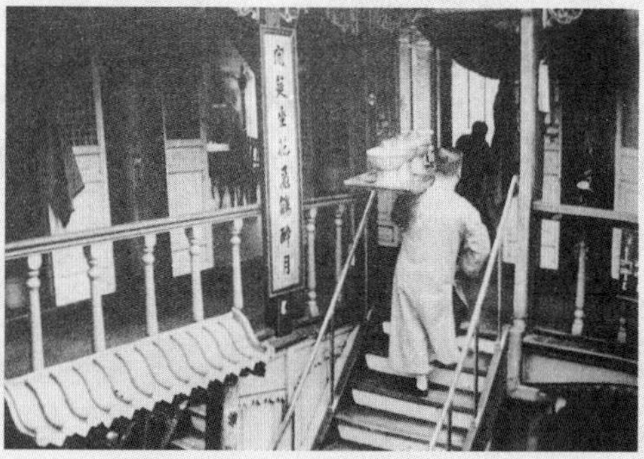

麦香村

大北街再往里走，就进入商业最繁华的地带。这里的游人摩肩接踵，中西合璧的西洋阁楼、拱门、罗马柱式的商铺鳞次栉比。德兴祥服装店、太平洋鞋帽店、通源祥绸缎店以及外国洋行、山西的票号，一家挨着一家。这几家大商店在中华人民共和国成立后就分别改成一百货公司、二百货公司、呼市工商银行了。往前是旧城大什字，周围净是小吃铺、珠宝行、委托部、木器店及手推肩挑卖吃喝的小摊贩。

有一家水煎包子铺，卖发面猪肉白菜馅包子，先在平锅里用油煎，再倒上开水盖上盖，蒸几分钟就出锅。包子皮松软、底焦黄，肉菜适中，咬上一口，油汤四溢，让人至今不能忘怀。往西是大西街，口子上有最好的稍麦馆“德兴源”。往南走是大南街，有一家门脸不大的珠宝行，里面的奇珍异宝让人目不暇接。20世纪六七十年代，每天有旧城的王公贵族后裔、旧商号掌柜子、国民党起义军官的太太老妈子们，卷上家里的金银细软，到这里变卖上几个钱以避灾祸。我家曾被查抄的有十几个珊瑚、玉制的鼻烟壶，金银佛教器皿，归还财物时，呼市财政局按“四旧”迷信物品都处理给了这家珠宝行。路西是一家当铺，是我们爱去的地方，这家当铺曾收回不少高档照相机、留声机、皮鞋、西装、望远镜、手表。20世纪 60 年代，10 元钱能买一身高档西装，5 元钱可以买一部留声机。那时候，我的几个朋友没少从这家当铺里淘宝。

大南街往南，与向东的三贤庙巷呈扒腿形，故被称为“皮裤裆”，这里是大南街的中心。“皮裤裆”以北有木器店、绸缎铺、瓷器店及“大盛魁”商号的细皮毛行，山西祁县乔家在归化城的皮货庄也都设在大南街。旧城的糕点铺“仲三元”和几家稍麦馆子也在这条街上。往前走就是麦香村饭店。

牛桥牲口市场　额博　摄

拉骆驼　额博　摄

牛桥

扫码听书

牛桥

小吃摊

清真大寺往西是由北往南流淌的扎达盖河。河水是从大青山乌素图沟流出的山泉水，甘甜可口，沿河的居民、商家枕河而居，妇女在河中洗菜，男人挑水饮马。每到夏季，两岸风拂垂柳，石间溪流淙淙，城边居民在柳树下纳凉读书。扎达盖河真可谓归化城的母亲河。

清朝马上皇帝康熙帝御驾亲征，在漠北昭莫多一战大败噶尔丹。消息传到归化城，土默特领主为迎驾康熙帝，在扎达盖河上修了一座长七丈、宽二丈，下有三孔涵洞，桥面用青条石铺成的庆凯桥。桥栏是 24 个石狮柱头，桥栏两端有汉白玉龙首吸水兽各一，桥身正中嵌一块石刻“庆凯桥”匾额。

庆凯桥两岸地势开阔，归化城的牲口贩子、皮毛商号都在庆凯桥两岸的后沙滩、西河沿一带交易牛羊、皮毛，因此人们又称之为牛桥。每天清晨，这里牛羊成群，人头攒动，人喧马嘶，好不热闹，当年成为中国西北最大的牲口交易市场。

由晋商从蒙俄等地赶回来的牛羊，大宗的贸易由“大盛魁”“天义德”这样的大商号操控，小宗交易则由一批牲口贩子，归化城人称之为“桥牙子”作为中间商进行交易。

桥牙子系一群熟知牛羊市场行情，能说会道、眼力超群、精明强干的人。老道的桥牙子精通蒙古语，懂蒙古族的礼节，衣着讲究，一身礼服呢中式褂子，黑绸带扎裤脚，脚蹬千层底圆口布鞋，头戴黑绸瓜皮帽，鼻子上架着一副水晶眼镜，手提红缨黄羊腿马鞭，骑一高头蒙古马，跑起来当当作响，十分气派。厉害的桥牙子识马，不用看牙口就知道这马几岁口，看眼睛就知道这匹马是否有病。这些人在牛桥上找卖主，也大有学问。

同泉号商家

牛桥牲口贩子

进城的蒙古族商人

皮毛市场　额博　摄

后草地进城办事的牧民，往往顺手牵两匹马，到牛桥卖掉后再进城里下馆子、购物。有经验的桥牙子，往往在红山口就拦住这些牧民，用蒙古族礼节交换鼻烟壶，用蒙古语与牧民亲切交谈，并以很便宜的价钱买下牧民的牛马，然后牵到扎达盖河边上梳洗打扮一番，就能卖个好价钱。有的桥牙子专门跑到达茂旗、四子王旗挑瘦弱的牛马买，牵回自己的棚圈里喂上细料，一个月就能把瘦马喂得膘肥体壮，再把鬃毛剪修一下，用水将毛刷得油光锃亮，一出手价格就能翻一番。

牛桥的牲口牙子也有规矩，讨价还价不能明说，统一用袖筒语交易。

牛桥牲口市场　额博　摄

过了牛桥是太平召，这里曾是绥远道台二府衙门。衙门的后花园怿园，过去是绥远道台惠征的女儿“兰儿”常扑蝶弄柳的地方。咸丰年间，“兰儿”选秀进宫成为懿贵妃，后来的道台将后花园的凉亭命名为“懿览亭”。“懿览亭”在民国年间成为旧城的一处名胜。

大宅院

旧城民居

民居

扫码听书

大宅门

老宅照壁

旧城街巷

呼和浩特人不论穷富，有了余钱第一件事一定是置地盖房子。呼和浩特旧城是山西商人的聚集区，在商贾云集的大南街、大北街、大西街、小西街、宁武巷、棋盘街一带，净是些深宅大院，全是山西商人盖的房子。旧城的商人大多是从山西雁北、大同、阳高、祁县、平遥等地“走西口”到归化城，做蒙地买卖发家致富、安家落户的。因此，一般院落为晋式四合院。这些院子外墙高达数米，防御性极强，气势森严，大门紧闭，完全看不到院内人家。

晋式的房子都是单坡顶，院墙向内倾斜，呼和浩特人称此类房子为“一出水”，雨水向院内大门流，其意是“肥水不流外人田”。晋人的住房讲风水、重门户。一般商人的四合院，院门开在右侧，门楼较小，大门直对四合院东房的南墙，墙上设一个小佛龛，内供财神爷，门前有一对门墩，双开朱门上设一对铁制门环，门上有门神一对、门簪两个。“门当户对”指的就是院门前的门当。一般平民院内是两个门当，王爷府、将军府、公主府的三开门府门是四个门当。有些人家图吉祥，会请社会贤达、名家在门当上书写“福禄祯祥”“秀色满园”“钟灵毓秀”等文字；处事谨俭的人家书写些“耕读之家”等字。也有些祖上有过功名的大宅门，挂一大匾，上书“大夫第”“将军第”“状元第”等。门上题写匾额不仅彰显着门第高贵，同时传达着主人的祖德家风。

一进入平民院落，正房五间为长辈居住，东厢房为长子长孙，西厢房为次子次孙，南房为下人、马夫居住或做库房。长辈的居室内，东面为一盘火炕，炕上画着墙围画。火炕连着灶台，灶台上置一口大锅，下面放着风箱。风箱是一个长方形的木箱子，箱体上的风嘴连着灶坑，外面设一竖把手，人手持把手来回拉动，就会产生风。现在，只要是通了电的乡村，大概都用上了鼓风机，这种耗费人力的风箱渐渐淡出了人们的生活。家里必须还有一个大水缸。在缺水的地区，人们需要走很远的路挑回水来，水质差的，还需要澄清，然后将清水储藏在大水缸里，节约着用。家具中最显眼的，是七尺长的红躺柜，上有两个金光耀目的大铜锁。红躺柜内放主人的衣物，柜子上摆放一件红木穿衣镜，两边有一对青花大瓶、一对帽瓶。帽瓶原本用来搁帽子，后来改放鸡毛掸子。西面放马倌柜，马倌柜内放米面、碗筷、调料等。

窗户是木制的，不严实，年年入冬，家家户户都要裱窗户，但也只有最靠近窗台的一层装着玻璃，往上都是糊窗纸。逢年过节，家家都会贴上漂亮的窗花或剪纸。村里人家存点儿粮，最怕老鼠，所以差不多家家户户养猫，为了方便猫进出，人们就在门边的墙上打一个小洞，用一块布帘挡上，称为“猫道”。

山西男人在外做事当差，女人操持家务。晋人饮食清淡，嗜酸，爱洁净，女人多裹足不出门，在家手持鸡毛掸子、抹布，将桌柜等家具擦得一尘不染，光可鉴人。

大户人家有二进、三进套院，大院朱漆门上有门钉、兽面门环，有五脊四兽门楼、莲花垂门，有汉白玉雕花门墩，门前有拴马石、上马石，进门有砖雕照壁，壁上有“福寿禄”等字。进入院内，南面是车马房；一进院住的是儿女晚辈；二进院由过厅、门楼、厢房构成，住长辈；正房有前廊、二层楼阁、小姐绣楼。晋人院落多为东西窄、南北长的纵长方形，讲究人家的院中养些花草鱼虫，且有金砖漫地，并在门楣梁栋上雕有寿仙人物，还用砖雕刻些飞禽走兽等浮雕。山西人对建筑艺术的要求十分苛刻，因此历史上出现了一批著名的建筑工匠。如果去山西祁县的乔家大院、晋中的王家大院看看，便知清代山西工匠的砖雕、木刻艺术已达到了极致。

山西商人建得最多的是繁华闹市中的商业门脸和人居一体的三套院落住房。这种住房在旧城大北街、大南街常见。门脸房大多采用中式单坡顶，门脸呈开放式，一进门是柜台，后面是货

清水河窑洞房

架；门脸上方是块大招牌，如“天义德”“日昇昌”“王一帖”等。门脸房后的一进院是二掌柜、伙计们的住房，二进院是大掌柜、账房先生的居室，三进院是长辈和太太小姐们的住房，一般外人不得入内。

呼和浩特城南和林格尔、清水河县境内的山区，梁峁起伏，沟壑纵横，这里的农民依山傍坡住的房子叫“土打窑”。这种窑洞中国人都很熟悉，当年中国共产党领导的八路军在陕北延安住的就是这种窑洞。打窑洞得依阳坡齐齐地切下一块“窑面”，然后打窑洞，用窑内的土垫平院落。一般人家打三孔到五孔窑，为了防止风雨将窑面剥蚀，窑洞打完后得在窑面上筑一道石墙，农民叫“挂面子”。人们行走在黄土高坡的清水河一带，常能看到沟壑当中一孔一孔的窑洞房，参差错落、鳞次栉比地排列在山坡上。在较为平坦的地区，还有人将地面挖下去一个方方正正的大坑，而后在里面的切面上打窑洞居住。

窑洞是中国最古老的居住方式之一，黄土坡上的农民世代打窑居住。窑洞房的特点是冬暖夏凉，建窑成本低，还防火抗震。近些年清水河、和林格尔的农民很少在黄土地打窑洞了，他们为了使窑洞更宽大讲究，开始用石头和先进的建材建造窑洞式的住房、宾馆、饭店，极具黄土地区民俗风格，因而受到人们的喜爱。住窑洞长大的人们进城住上楼房后，普遍认为窑洞房冬天不用生炉子烧暖气，家暖一盘炕，一家人坐在热炕头上，十分温馨。

说起呼和浩特新城满族八旗官兵后裔住的老官房，那是清乾隆年间清廷为满族官兵统一建的“福利房”。满族官兵分三个等级：将军、校尉、士兵。将军的官府是五进院落带后花园的将军衙署。校尉军房是正五间带东西厢房，两坡出水纱帽翅，铺阴阳瓦，为金砖漫地的四合院。兵房是正三间带东厢房，铺阴阳瓦，前檐下为坎墙，四角为青砖，山墙为土坯，均为“穿鞋戴帽”结构的京式砖坯混合型小瓦房。前院广植葡萄及各种花木，后院为骡马圈，小院建一个精巧质朴的小门楼，室内雕花木隔扇、榆木圈椅等家具一应俱全。满族人崇文尚武，文人研习笔墨字画，武人在小院内耍拳弄棒。满族官兵好架鹰鹞，春天与同营尉士在城西淌马河畔踏青遛马。女人们则打扮得花枝招展，扶老携幼坐着轿车上财神庙、娘娘庙进香拜佛。夏天，老婆孩子围坐在院中的葡萄架下，沏上小叶茶，品尝着自家的樱桃、葡萄，闲话纳凉，十分惬意。

中华人民共和国成立后，呼和浩特一些王府商贾的大宅院都被政府收回，成为公产，由呼和浩特房产局分配给穷人百姓。历经几十年乱建乱占，豪门大宅都变成破败不堪的大杂院了。“文化大革命”时期，王府大宅门的龙头猫瓦当、壁画、精美的砖雕木刻都被砸烂。改革开放后，旧城的居民区街巷到处是垃圾，满街是尿水，明清时建的精美商铺、名人商贾的大宅子都已年久失修，一片残垣断壁的破旧景象。前些年，呼和浩特市政府进行旧城改造，不论是旧民居还是名人故居，或是明清古建筑，全都拆除掉了。斗转星移，时事变迁，物是人非，明清时建的青灰色的晋人四合院和满族人的京式小门楼，都变成了钢筋水泥的楼房，呼和浩特新旧两城已是高楼林立，高架桥飞架南北，车水马龙，一点儿古城风貌都没有了。

庭院深深

老石匠　额博　摄

手工破料的木匠　额博　摄

话说工匠

木匠　额博　摄

扫码听书

隆庆六年（1572年），北元漠南土默特部领主阿勒坦汗谋划在阴山下、大黑河以北的土默川仿元大都建一座城，叫库库和屯，之后开始从大漠南北、山西各地招募能工巧匠。万历九年（1581年），阿勒坦汗才貌兼备的夫人三娘子，为了彰显土默特蒙古部的势力，广招技师工匠，筑高墙、建王府，大兴土木扩建了库库和屯。扩建后的城市街道笔直宽阔，召庙林立，法号长鸣，商行酒肆、戏园书馆鳞次栉比，商贾云集。土默川地区三省四市的民众习惯称其为三娘子城，官府定为库库和屯，明廷赐名归化城。

隆庆和议后，蒙古地区随着与明朝在长城九边开放贸易，设立马市，晋冀陕大量“走西口”的移民来到大漠南北谋生。这些移民对蒙古地区的城市建设、草原开垦、经济发展、民族工艺制作发挥了巨大的作用。当时的蒙古地区大兴土木，对于修建召庙的泥瓦工、木匠等工匠的需求很大。在归化城、包头、多伦淖尔、丰镇、托克托县、隆盛庄等商贸城市出现了大量的手工业作坊。这些匠人创造出宏伟的王府、美丽的喇嘛庙以及各种生活瓷器、金银器等。最早从晋陕来内蒙古地区的手工匠人是从事建筑的泥瓦匠、烧瓷窑工、木匠、石匠等。清水河县窑沟乡就发现了明代的古瓷窑，直到今天窑沟

修簸箩匠

剃头匠

银匠　额博　摄

木匠　额博　摄

的窑火依然不息。

我在17岁时拜旧城大北街四眼井巷的张孝忠为师。张师傅是八级木工，木匠世家出身，他手艺精湛，长于砖木建筑、硬木家具，做建筑、家具从来不用钉子。张师傅为人宽厚，心地善良，与徒弟的关系如同父子。为了让我脱离贪玩的兄弟群，一心学艺，他常带我到呼和浩特市东郊的榆林子公社、大平庄公社为农民做红躺柜、马倌柜、骨排凳子。首先，张师傅教我做木工最难的技术——做斜开卯的骨排凳子，练习为两米长的红躺柜对缝。我勤学苦练，仅三个月就学会了做骨排凳和对两米长的木板缝，在呼和浩特木器厂被评为四级木匠。木工是手工和艺术相结合的一门手艺，齐白石先生是高级木匠出身，因此在绘画艺术上才能达到如此高的成就。明英宗皇帝酷爱制作红木家具，每日沉迷于黄花梨、红酸枝、紫檀等高档家具的创新设计，疏于朝政，但也因此我国明代家具的用材、工艺、艺术造型均达到了中国传统家具的最高水平。明代红木家具被历代皇室王公青睐，让收藏家们不惜倾家荡产地收藏。我十分珍视自己做木匠的那段经历。20

老石匠　额博　摄

话说工匠

世纪70年代，我家的立柜、沙发、组合柜都是我和我的木匠师傅做的，当时的款式、工艺均领先于时代之新潮。

我国拥有几千年历史的传统工艺美术、传统文化，创造了令世界瞩目的东方瓷器、玉器、金银器以及中华建筑、家具等灿烂的中华传统工艺。我当了几年的木匠，秉承了师傅重手艺、重名誉、吃苦耐劳、对工艺精益求精的工匠精神。这为我后来从事摄影艺术创作奠定了良好的基础。

呼和浩特老字号铁匠铺崔铁炉，从清朝在归化城开张，炉火传承至今。崔铁炉打出来的铁刀铁斧、铁勺铁锅以及牧人常用的图勒嘎（锅撑子）、打狼用的铁夹脑、农具，十分受市民和农牧民的喜欢。位于西五十家街、小召半道街、大南街路西的永玉成、宝华、万福增、德润楼及大召后玉皇阁的银匠社打制的金银饰品、马具、佛教神器十分有名。内蒙古草原市场需求量最大的是蒙古马靴。归化城、包头制作蒙古马靴的行社有太平街的永德魁、义生泰、长义永和小东街的元升永，最具实力的是义和社。每年通过大盛魁销往大漠南北的靴子数以万双。毡制品是蒙古地区农牧民必需的生活用品，呼和浩特地区有几家大型行社，坐落在大西街的允和成作坊生产的毡帽、毡靴、毡疙瘩，其工艺设计堪称一流。制作毛毯的作坊在西顺城街，西河沿的老字号有大有恒、永顺祥这两家，纯手工制作的地毯图案设计丰富美观、质量好、品种多。

呼和浩特大召前早在明朝万历年间，就有山西铜匠开的铜器铺。当时主要为大召及蒙古族信众打制佛像、铜佛灯等佛教用品以及铜壶、铜火锅等生活器皿。其中最有实力的是大兴盛铜铺，这家铺子子承父业，已经有好几代后人经营铜器制作，其生产的佛像、佛教用品做工精致，用金银铜打制的佛像均被请往内外蒙古的寺庙。

呼和浩特有召庙之城的称谓。自治区著名的乌素图召的泥瓦木工、画匠佛塑均由土默特蒙古族匠人完成。富有聪明才智的蒙古族匠人创造出石旗杆、蒙古族美术字、佛教故事壁画，被称为乌素图“三绝”。

随着时代的发展，手工制品的市场需求减少，蒙古族手工匠人的社会地位被边缘化，大多数工匠已后继无人，越来越多的传统手工工艺品生产已经成为濒危行业。为了抢救非遗传统文化，国家文化和旅游部成立了非遗机构，使一些传统民族手工艺得到了保护、挖掘和传承。

织布工

拉骆　额博　摄

拉骆驼

扫码听书

驼运队 额博 摄

拉骆驼

五畜中，蒙古族认为最神奇的是骆驼，因为骆驼通人性，有着高大强健的体魄和坚忍温顺的性格。骆驼不与牛马羊争抢水草丰美的草场，而是在夏季远离美丽的草原，到野狼出没的戈壁荒滩，靠粗糙的骆驼草、梭梭木将自己养得膘肥体壮。待到寒冬降临，大雪封锁住道路，领头的骆驼又领上驼群从远方回到主人家，双腿跪地让主人骑乘。不论前程有什么艰难险阻，骆驼都以大无畏的精神昂首挺胸，负重奋勇向前。

因此，骆驼是深受牧民尊敬的。牧民从不打骂骆驼，骆驼伤残了会得到主人的精心养护，有功劳的骆驼还会被刻成木雕放在家里，常伴主人身旁；骆驼死了，牧民会将它天葬，不准任何人食用骆驼肉；草原上开那达慕大会，主办方以骆驼作为最高奖品奖励给赛马、摔跤冠军。成吉思汗西征时，骆驼除了承担为军队驮运物资的重任，在军队穿越大漠戈壁水粮断绝时，成吉思汗忍痛下令，让士兵用军刀刺破骆驼的血管，通过吸吮骆驼血来保持军队的战斗力。

我到牧区采访时常骑乘骆驼。到了冬天，骆驼是牧民的主要交通工具，它们看上去笨重，跑起来却不比马慢，在齐腿深的积雪中牛马走不了，骆驼蹄子大，走起来如履平地。骑在骆驼两峰之间，让人感觉十分平稳，妇孺老幼都能骑乘。牧民与骆驼能对话，骆驼太高大，要骑乘时，牧民会用蒙古语说“苏古、苏古”，骆驼就四腿跪下；主人说“却格、却格”，骆驼就站起来；牧民再大声说“楚格、楚格”，骆驼就开始走。骆驼和牛马不一样，在行走时它们不吃不喝，只反刍倒嚼，满嘴白沫。骆驼眼力好，生人不懂草原上的规矩，骑在骆驼上，有时打骂它，骆驼会记仇。你再要骑它时，它要么踢你，要么找机会用嘴里带有难闻腥味的白沫子喷你。骆驼往往在“三九天”发情，发情期的种公驼性情暴躁，有生人接近它时，它会追你，有时把人撞倒后压在身下。我们到草原，赶上公驼发情都会敬而远之。

骆驼和人一样特别怜爱自己的儿驼，有的年轻母驼刚生下驼羔不会喂养、照顾，草原的妇女会将驼羔抱到母驼面前，对着母驼唱哀婉的《劝奶歌》，直唱到母驼被歌声所感动。此时，它会流着泪水将自己的驼羔拥入怀中，精心养育。早在元朝蒙古族皇帝秘葬时，人们就利用母驼怜子情结，在皇帝秘葬处杀一驼羔埋掉，再用万马将葬处踏平，待来年青草生长如初，大军撤走。每年祭奠先皇时，将母驼牵来嗅寻驼羔埋葬地，在找到的地点进行祭祀。母驼找到驼羔埋葬地，会长久伫立，向天长嘶哭泣，其状十分凄婉悲恸；祭奠时文武大臣与母驼一起掩面而泣，缅怀先祖的丰功伟绩。

明清时期，周边的牧民骑着骆驼进城进贡、送畜产品，走时将骆驼就地在后沙滩或丹王府照壁下的驼市上处理掉，这些成为归化城（今呼和浩特市）最早的一批骆驼。清康熙帝从蒙古昭莫多凯旋时，将西北一批从事驼运业的回族驼户带到归化城；外蒙古平定后，归化城至大西路途经新疆、青海、大库伦、乌里雅苏台的商道开通，归化城的驼运业开始走向全盛期，归化城也成为中国西部商贸、军事战略要地。当时，归化城北门外扎达盖河两岸的后沙滩、北沙梁一带都是从事驼运的驼庄。号称归化城五大驼户的其中就有曹家“德厚堂”、杨家“福喜堂”、马家“富恒庄”，后来较有名气的是王有恒的“兴盛恒”。王掌柜是京都宛平县人，回族，家有300多峰骆驼，他不是归化城最大的驼户，却是最善于经营的驼户。王掌柜善于与草原上的蒙古族王公贵族交朋友，不仅会说蒙古语，还懂蒙古族的礼节，他的驼队途经达尔罕茂明安旗、四子王旗时，都会给当地的大喇嘛、王公及牧民带些绸缎、茶叶。他凭着真诚谦和的处世方式，赢得不少老客户。多年前，我通过同事马丽君采访了老驼倌马老爷子，他曾给兴盛恒、德厚堂拉骆驼走过后营、前营。当年的归化城，每到白露时节，各大驼运商号都从召河牧场等地，将放场的骆驼赶回后沙滩货场，装运湖北赵李桥砖茶公司的茶叶和苏州、景德镇等地的绸缎、瓷器以及其他生活用品。马老爷子拉上一连子18峰骆驼，夜间行走时怕尾驼走失，就在驼队最后一峰骆驼的脖子上挂一个大铜铃，在驼鞍子上插一面“德厚堂”的旗子。老爷子脚穿千层底牛鼻子鞋，在后沙滩红山口子上与亲人挥泪告别，带上几只大蒙古獒踏上漫漫驼道。

马老爷子讲，回族当中能说会道、脑子活套的年轻人上牛桥、驼桥当牙纪，老实本分的后生才拉上骆驼走后草地。拉骆驼走外蒙古、大库伦（今乌兰巴托），往返近两个月，一路上经过茫茫草原、荒漠戈壁，还得防野狼、土匪，风餐露宿，栉风沐雨，跑上一冬天也赚不上几个钱。穷人家的孩子不怕吃苦，拉骆驼就为了有口饭吃——走一趟外蒙古，每天都能吃一顿羊肉、两顿炒面。驼队中领房子的能带点儿私货和蒙古人换点儿皮毛、药材。走驼道就怕遇上土匪，或者生病，马老爷子说他年轻时看到好几位拉骆驼的伙计都死在驼道上。日本人侵占归绥，大量征用回民驼户的骆驼；傅作义将军从归绥退往山西河曲时，为搬运归绥的物资，又从后沙滩、北沙梁的驼户中带走一大批骆驼，使归化城的驼运业受到重创。外蒙古宣布独立，归化城走北路和大西路的驼道中断，归化城的驼运业从此逐渐衰落。中华人民共和国成立后，呼和浩特市政府将回民区的零散驼户集中起来，成立了呼和浩特驼运社，其中一部分骆驼被驾上辕拉起大车做短程运输，为西北草原运送粮食等物资。

我小时候常能在家门前看到十几峰骆驼一组的骆驼运输队，慢悠悠地从街市上走过。进入20世纪60年代，驼队逐渐从城市消失了。斗转星移，沧桑巨变，人类已跨入新的时代，在人们普遍使用上现代化交通工具的今天，内蒙古大漠草原上的牧民仍没有抛弃骆驼。每当草原上遭遇雪灾，现代化的交通工具无法通行时，素有“沙漠之舟”“雪地旱船”的骆驼，拉着雪爬犁，载着主人负重前行。骆驼以其坚韧不拔、吃苦耐劳的精神深受蒙古族牧民的喜爱和敬重。

拉骆驼

呼和浩特驼运社　额博　摄

牧民迁徙　额博　摄

四轮洋轿车

马拉轿车

话说车馆

扫码听书

马是人类的伙伴，伴随人类已走过了几千年。马车作为载人、运输工具至少有3000多年的历史。在西周、战国、秦汉皇帝贵族墓中都曾发掘出许多殉葬的车马。在几千年的人类发展进程中，马属于国家控制的战略战争工具，不允许百姓拥有。马是战争之神器，谁的马多谁就占据战争的优势。马拉车在相当长的历史时期内主要是用于战争。自从赵武灵王学习胡服骑射，笨重的马拉战车退出战场，马车才开始随着社会的发展，在和平时期更多地用于人乘和运输。

骆驼轿车

1949年前，呼和浩特市是我国西北地区重要的商贸中心，从事马车、毛驴车、驼车的运输业行社很发达。20世纪50年代初公私合营，政府将从事马车运输的私家行社集中起来，成立了公私合营的呼和浩特马车社，社址在呼和浩特车站东街西口路南（现通达商场处）。我们小时候常在家门前看到运送货物的马车队在大街小巷鱼贯而行。

在农村，车倌是一等农民，是令人羡慕的职业。早期农村的马车用的是榆木板锯成的圆形的车轮，人们称其为二饼子车。官家和有身份的人，乘的马拉轿车制作精致，木车轮用铁条加固，乘人的车篷用羊毛毡子搭配。马车行走的宽阔的街道叫马路，这一叫法延续至今。

车倌不是谁都能干的营生，一个好车倌不仅驾驭马车的技术要娴熟，还得识马爱马，知道马的脾气，会调养马，知道什么样的马能驾辕，哪类马只适合拉套。那个年代车倌赶上三架马拉的胶轮大车，头戴狐狸皮帽子，身穿老羊皮袄，脚蹬毡靴子，手持长鞭游走四方，为农业社跑外送农产品，给村里往回运生产生活用品。在外住的是车马大店，吃饺子，倒烧酒。车倌腿脚长、交往广，走南闯北，社会上什么人都见过，是农村最让人羡慕的行道。

如今，农村早已进入机械化时代，但仍然有爱马的农民在使用马车。隆盛庄的李福子家是个车倌世家，祖辈们驾驭上马车走归化城，进张家口，过丰镇，经大同，上太原吃香的喝辣的。李福子的爷爷、父亲都是隆盛庄远近驰名的车老板，将八尺马鞭子传给了李福子。庄里养马的农民只有三家，其中李福子和他儿子占了两家。李福子每天将五岁的黑骡马扎上红发髻，脖子上戴上金光灿灿的铜铃铛。驾着马车，八尺红缨马鞭子空中一甩，清脆震耳的鞭声响彻大街小巷。大黑骡马昂头挺胸，迈着坚定的步伐，伴随着铜铃有节奏的响声跑在汽车川流不息的公路上。李福子爱马、识马，除了用缰绳指挥马前行、左右转弯、停止、倒退，他还从父辈那儿学了一套马语:“驾”就是走，“吁”是停止前行，“稍”是后退;马不听指挥，路上随意停车偷吃东西就被骂“灰个泡”。据老李说，马语是跟草原上的蒙古族牧马人学的。李福子在城市农村机动车辆普及的街市上，常骑上披铃挂红的河西黑叫驴，头戴毡帽，挺胸抬头，风度翩翩，像一位中世纪的骑士，成为小城镇一道亮丽的风景。

当车倌除了为跑运输挣钱，更是因为迷恋马车。养一架马车得买草喂马，还得调马、放马。李福子没有草场，还得买草喂马，养马是个辛苦细心的营生。李福子除了养马，还喂了几头毛驴。他再苦再累也要将骡马牵出来，用水将骡马皮毛刷洗得油光锃亮，再披挂上彩铃，扎上红缨头，大鞭子一甩行走在乡间大道上，引来人们好奇羡慕的目光。

如今，咱农民过上了好日子，不愁吃喝，养马赶车就图个高兴。马曾经伴随着人类从原始社会走向现代化。由于马车适应不了现代生活的快节奏，装载的货物也十分有限，大城市的道路尽管仍然叫马路，已经禁止马车行走了。如今，马已经从人类生活中退出，回归了草原。

胶轮马车

木轮马车

小脚女人

全家福

小脚女人

扫码听书

小脚女人

小脚女人

旧时的中国女性以脚小为美，在民国前汉族女子从小就开始裹小脚。20世纪50年代，绥远城内大街小巷里晋陕冀籍的中老年妇女大多是小脚女人。新城的蒙古族、满族女性都是大脚。我家在新城西落凤街的邻居老五毛的母亲就是小脚老太太，不能干挑水、买粮买柴的活儿。她平日里足不出院，每天就围着锅台转，只能做些针线活儿。有时街巷里有挑担卖菜的农民，磨剪子、戗菜刀的匠人一吆喝，老太太就从家里一扭一扭地走出来，扶着墙站在院子门口，喊住卖菜的农民讨价还价。老人十分精明，买菜要将老叶子都去掉，葱根上一点儿土都不能带，不仅又好又便宜，给完钱还要捎带几根香菜。临走捡一堆烂菜叶子，还得让卖菜的老头给她将菜抱回家。她没事就坐在院门口晒太阳，看南来北往的过客，用轻蔑的眼神看着那些身穿布拉吉、脚蹬高跟鞋的女子。谁家来了陌生人，谁家中午吃什么饭，她都知道，于是每天约几个老太太，东家长西家短地发布“新闻”。

女人的小脚，古代又称三寸金莲。旧时评价美人的标准首先看脚，达到三寸左右为金贵的美足。何谓三寸金莲？有学者认为，中国古人奉牡丹花富贵，莲花出淤泥而不染，是女子纯洁的象征。民间十分推崇莲花，出淤泥而不染，濯清涟而不妖。女子有一双三寸小脚贵为金莲，才能称得上标准美女。中国佛教视莲花为高洁，因此佛教造象、佛塔均用莲花做底座。古代大家闺秀缠足大门不出，二门不迈。深藏庭院不露的女人，显得十分金贵高洁。于是，中国男子以女子的双足大小来评价女人的美丑。

明清时期，三寸金莲成为女人高洁、妖魅的象征。社会上出现了迷恋女人小脚的公子哥儿和文人骚客，他们将女子的小脚进行了划分：“三寸之内为金莲，三寸之外为银莲，四寸之外的为铜莲。”因此，旧时的女子自幼开始将双足缠成三寸金莲，由此提升身价。有女儿的家庭，为了给女儿找个富贵人家，父母想尽办法，甚至花钱请专业缠足婆为女儿缠足。身为旧时女性，自幼就得忍受肢体致残的巨大痛苦，十分可怜。缠足首先得将幼女的四个脚指压弯，用白布缠紧小脚，强制缠足女孩行走，用自身的体重把四个脚指压在足下，使双脚逐渐变形，成为三角小足。被缠足的女子不能上学堂，不能从事体力劳动，更不能参加社会活动。旧时代不仅从肢体上使女子不能正常行走，还从精神上使女子成为一个没有尊严、没有理想、不能自立的弱者。她们还不能抱怨，只得变成安分守己、逆来顺受、屈从于命运的女人。

20世纪70年代，在呼和浩特旧城大街小巷常能看到为了保持身体平衡而迈着八字步的小脚女人一扭一扭的身影。近些年小脚女人在城市已经绝迹。20年前，我到乌兰察布市的茶马古镇隆盛庄采访。这个具有400多年历史的商贸老镇，商铺栉比，寺庙林立，在百年街巷里到处都是小脚老太太。2021年我再次到隆盛庄采访时，这里已物是人非了。当年的小脚老人在古镇已经消失。我重访了几位小脚老人的家庭，这些老人都已相继离世。

艺人

小脚女人

在镇政府的帮助下，我在镇里找到了仅存的两位90多岁的小脚老人。我有幸找到一位叫王改枝的老人，她身体硬朗，耳聪目明。王改枝的娘家是大同阳高。她皮肤细腻，性格温和，足蹬一对礼服呢绣花小鞋，将三寸金莲包裹得脚背圆敦敦，脚形又小又尖，十分俏丽。民国初年，王改枝嫁到内蒙古隆盛庄一个段姓的富裕农家。她没念过书，没出过门，是个会过日子的女人。这位老人年轻时是隆盛庄远近闻名的俊媳妇，她能将隆盛庄的人们不稀罕的玉米面、荞面打成又精又软的拿糕，将山药蛋粉做成具有阳高特色的碗坨；隆盛庄人每天离不开的陈醋、烂腌菜、粉条子她都是自己做，从来不用花钱买。男人穿的牛鼻子鞋、娃娃的四季衣帽都是王改枝缝制的。全镇的人家出门赶集、看戏，数改枝家的男人、娃娃穿戴得干净整顿。进入老年后的王改枝不喜欢和儿女住在一起，更不愿意给孩子们找麻烦。她独自生活在自家的一个小院里，膝下养了一只大花猫与她相伴。老人每天和猫说话解闷。她耳不聋眼不花，腿脚勤快，自己能料理的事从来不求人。90多岁的老人不仅将家打理得井井有条，每天把家里的坛坛罐罐、大红躺柜也擦得光可鉴人。一天三餐中午吃干的，晚上喝稀的，一点儿也不马虎，没事还会出去找老邻居串门子聊天，或者去儿子家看一看孙子们。老人一生历经风雨，阅尽人生百态，然而，她除了去过一次丰镇县城，连集宁也没有去过。我问王改枝："旧社会把你缠成小脚，哪儿都去不了，你后悔不？"老人说："女人家生来就是个生娃娃、干家务、做饭，哪能满世界地乱跑？老一辈人讲，好出门不如赖在家，女人家找个男人，有吃有喝的，后悔甚呢！"

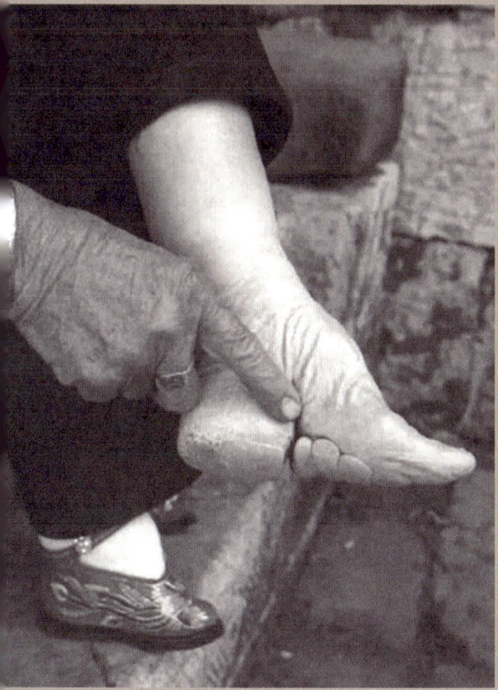

小脚

回娘家

将军议事厅

将军府邸

将军衙署

扫码听书

绥远城将军衙署是在清朝康乾盛世兴建的，当时是新城最大的建筑群，也是绥远地区最高权力中心。绥远将军是清朝封疆大吏，相当于今天的大军区司令员，系从一品地方最高长官。衙署门前有一个大照壁，高大的上有石刻“屏藩朔漠”，门两侧立有一对石狮，石狮左边建有钟亭，右边建有鼓亭。从黑漆大门进入五进院落，正堂、大殿都是高大威严的五脊六兽屋顶，雕梁画栋，水磨砖贯顶，十分壮观。

大院左右依次是衙署的印房、兵部司、左右司、户部司，穿过月亮门进入有亭台回廊的花园，是将军家眷后府。将军衙署先后共有 70 余位大将军入驻。其中有蒙古族镶黄旗人巴禄、班第子等 7 位蒙古族将军，土默特人满泰副都统等 5 人。清代光绪年间的贻谷将军，在清朝没落时期励精图治，精兵兴学，做了不少振兴边陲，有益于百姓的事情。当时清朝内忧外患，上下贪腐成风；绥远城税收枯竭，国库空虚；八旗官兵的奉银禄米，早已不能按时按量分发；人民生计困难，无心操练军务，整日架鹰玩鸟，游手好闲。贻谷深为忧虑，他打破祖制，破除满族人不允许经工商的旧规，在新城办实业设钱局，为有志经商办实业的满族人贷款。他还在南街成立工艺局，从旧城聘请木匠、铁匠、画匠、麻纸匠，购买织布机请师傅为满族青年传授手工技艺，培养满族八旗子弟经商兴业技能。现在新城南街还有一条工艺局巷。贻谷还将新城迎旭门外的军事防御禁地——大黑河一带的庄头地拨给满族开垦耕种，并在包头珊瑚湖放垦水草丰美的优质牧场，让满族官兵移民从事男耕女织的新生活。凡是放下贵族身份当农民的满族，都过上了丰衣足食的生活；听上贻谷的话到工艺局学到一技之长的旗民，也能自食其力。民国绥远省首任都统为张绍曾将军，后来4位省主席徐永昌、李培基、傅作义、董其武主绥时都在将军衙署办公。日伪时期，绥远改为厚和豪特，将军衙署成为厚和豪特日本警备司令部。1949年9月19日，时任国民党绥远省政府主席的董其武及孙兰峰、刘万春等39人在绥远省银行包头分行签名起义。同年12月6日，中央人民政府任命傅作义为绥远军委员会主任，任命高克林、乌兰夫、董其武、孙兰峰为副主任；同时任命董其武为绥远省政府主席，任命杨植霖、奎壁、孙兰峰为副主席。中华人民共和国第一个省府核心成员入驻将军衙署。1952年绥蒙合并后，主席乌兰夫，副主席杨植霖、奎壁、苏谦益、孙兰峰也曾在将军衙署办公。

20世纪 50 年代末，内蒙古自治区党委、政府先后搬进新城东北角屠家花园、阜安门外新华大街一号院新办公楼，高级法院从家庙街 15 号搬入将军衙署，与内蒙古检察院各占一半大院。我上小学时，我们班同学赵国庆的父亲是法院刑事庭庭长，我们放学后常到法院大院里玩。法院后院

将军衙署

将军习武场

满族八旗军将领盔甲

将军衙署古树参天

绥远西街

将军衙署仪门

里有傅作义修建的地下室，里面是我们捉迷藏的好去处。我和法院孩子二小、哈达等用法院院内的木料、砖头盖了几个碉堡，每天玩到天黑，在看门的怪老头的呵斥下才散伙。入夜后，衙署内高墙大殿，古树昏鸦，阴森恐怖。这个衙署历经三朝，200多年来掌生杀大权，衙署官吏间钩心斗角，争权夺利，多少官吏不是飞黄腾达，就是身败名裂。贻谷的家眷不敢在衙府内住，硬搬到旧城太平街猪圈巷，垦务大臣的行辕屈尊在三品官吏的官府内住。贻谷勤政俭朴，每天乘着轿车，鞍马劳顿地往返新旧城办公。贻谷想推行新政，革除时弊，不与保守势力同流合污，却遭到副都统文哲珲的参奏，被朝廷革职流放。

20世纪50年代，将军衙署成为内蒙古自治区高级法院，先后受理了审判国民党反动首恶分子，反动组织青帮的头目，镇压潜伏敌特分子、反革命分子等重大案件。20世纪70 年代，法院、检察院各自盖了大楼搬走了，内蒙古文化局搬到将军衙署办公。20世纪 90 年代，内蒙古文化局迁到新华广场新建大楼办公。至此，将军衙署结束了清朝、民国、中华人民共和国三朝军政中心的历史，成为呼和浩特一处了解内蒙古历史的窗口。

将军衙署前鼓楼下面，曾是新城最热闹的地方。呼和浩特的冬天漫长而寒冷，民间有“冷绥远，热包头”的说法。熬过一个寒冬的老人，一开春都提着鸟笼、架着鹰，聚集在将军衙署的石狮前或鼓楼门洞下面，享受春天暖洋洋的太阳。新城玩鹰的乌大牙、住在曰升茂街玩鸟的三嘎拉，与回民区训鹰玩鸟的安钧等老友集在鼓楼东南角，一起遛鸟熬鹰，乌大牙、柱子等玩鹰的人拿出冬天在大黑河两岸放鹰抓的野兔摆在地上售卖。鼓楼东北角养奶牛的马富老爷子，与南街玩鸽子的疤老李、苏虎街的希克让、家庙街的车倌扁鼻子、水源街挑水的瞎宝明买卖交流鸽子。在将军衙署的石狮子前，一帮闲人和孩子们总爱逗呼和浩特四大名旦之一的二虎旦玩。二虎旦曾当过列车员，精神异常，然而他记忆力超群，不仅能将呼和浩特的大街小巷倒背如流，最拿手的是从呼和浩特火车站开始，一口气背下到北京的大小车站名，直到北京永定门火车站，包括卓资山的烧鸡、阳高的杏干、下花园的柿饼子等沿途的特产食品，一样不差、一站不错地全能背下来。乌大牙是清朝名门望族，祖上几代在衙门里当差，官府衙门里的小道消息都是他透露出来的。

20世纪60年代初，曾当过内蒙古文化局局长的内蒙古著名作家云照光创作的电影剧本《鄂尔多斯风暴》，由八一电影制片厂拍摄成了电影。其中剧中男主角乌力吉不满王爷的欺压，便从鄂尔多斯草原骑上骆驼到绥远打官司。他将骆驼拴在衙门前的电线杆上，独闯衙门喊冤叫屈，要求状告王爷，结果被官官相护的衙门当差赶了出来，最后官司没打成骆驼也被小偷牵走了。这个镜头就是在将军衙署拍摄的。20世纪90年代末，内蒙古政府让内蒙古书画院在将军衙署办公，时任院长为著名书法家孙卓章。孙卓章祖籍山东，当时自治区党委书记刘明祖为山东威海人，也十分喜爱书法，闲暇时常到将军衙署观赏画院藏画，曾邀请中国书法家协会主席舒同的儿子、舒同字体传承人舒关关先生交流书法技艺。前几年，自治区政府将将军衙署交文物部门管理，拨专款恢复了将军衙署清朝和民国时期的原貌，同时收集了不少清代的文物及清末民初的老字画和老照片，将新城这座具有 200 多年珍贵历史的建筑群保护了起来，供区内外专家、游客参观考察，了解内蒙古呼和浩特市的历史。

虎炮

清真大寺　额博　摄

清真寺礼拜堂　额博　摄

清真大寺

呼和浩特旧城，古称“归化城”，1572年由蒙古土默特部领主阿勒坦汗兴建。清朝初年，这座仿元大都建的城已是召庙遍布、商号林立，成为车水马龙的塞北名镇了。

我出生在呼和浩特新城，新城从清代到民国都是一座驻守满蒙八旗官兵，设有绥远都统衙门，并有官宦贵族居住的城镇，因此没有太多的店铺商号和戏院书场。新城人在节假日或闲暇之时，官员坐着骡马轿车，妇女赶上带篷的马车，官家子弟、满族公子哥骑上洋车，纷纷下旧城吃喝、购物、游玩。

从新城出阜安门，过淌马河桥，看到一条贯通新旧城的林荫大道，经满八旗兵大校场到姑子板，途经日本人建的电报局大楼，到十字路口西北角，是日伪时期的厚和豪特（日伪时期日本侵略者强加给呼和浩特的称呼）毛纺厂，西南角是日本驻厚和豪特警备司令部大院。过绥远慈善赈济四合大院，经卧龙岗公园（中华人民共和国成立后建成人民公园），即可看见回民区高大的清真大寺望月楼。

尔代节礼拜　额博　摄

礼拜堂

中山西路以北是回民区，路边有清真古月轩饭店。这里的清蒸羊肉、糖醋炸羊尾和小肉饼最有名。往西走是清真大寺。

呼和浩特的回族是随着蒙古噶尔丹的商队由西部来的。清乾隆年间聚集在归化城外，以屠宰牛羊、贩运皮毛为生。乾隆年间，回族居民集资兴建了清真大寺。民国十二年（1923 年），回族人民又募捐扩建了清真大寺。1949年中华人民共和国成立后，政府出资多次补修了彩画，寺内有乾隆御笔题写的匾额“古今正教”，还有绥远都统马福祥等政要、名人题写的匾额。

清真大寺是中国传统建筑风格，青砖灰瓦、飞檐翘壁，礼拜大殿坐西迎东，殿内12根大柱上刻有古兰经文，顶部呈穹庐形，圣殿门额上有“认主独一”的金匾。院内有讲堂、沐浴室，最宏伟的是望月楼，建于1939 年，楼高 33 米，秀出云表。最顶端有一瞭望亭，不仅可俯瞰旧城全貌，还可东眺新城阜成门，西望蜿蜒曲折的扎达盖河，北见乌素图召，亭顶还有一弯月亮。我在区内外见过许多清真寺，呼和浩特旧城的清真大寺是最宏伟精美的一座，具有极高的建筑审美价值。

清真寺大门南侧有一家清真饭店，叫同和轩，早晨卖稍麦，中午、晚上有炒菜、涮羊肉。现清真大寺两侧有“铁兆义”生熟肉铺，有“一把手”焙子、油旋、元宵店等十几家回民商铺，还有呼和浩特绝无仅有的一家老皮毛行和一家首饰店。前些年，人们常能见到留着山羊胡的穆老爷子，提着大铜壶卖油茶汤。还有一位推着车卖热枣糕的胖老头儿，用男高音吆喝：“热——枣糕——”听到的路人不由得止步，口中生津，都会切上二斤黄米热枣糕带回家去。

净身　额博　摄

阜安门内

镇宁门外

新城

扫码听书

新城

由于清代绥远城西五公里有座明代归化城，人们习惯将绥远城叫新城。新城动工兴建于清乾隆二年（1737年），于乾隆四年（1739年）6月完工。城周九里多，有钟鼓楼、将军衙署，东西南北街净是商店铺面，城内大多是由清廷按级别建的砖瓦带庭院的校尉官房和八旗兵房。建如此之大的一座城市仅用了两年半时间，速度之快、规划布局之合理，在世界建筑史上实属罕见。绥远城兴建之初，清廷从山西右玉卫城调建威将军王昌的八旗军队移驻绥远城。绥远城是通往蒙古、俄罗斯、中国大西北的商贸集散地，北有蒙古喀尔喀部，西部有土默特部雄踞大漠南北，因此绥远乃中国西北商贸军事咽喉要地。将军衙署门前照壁上的石刻“屏藩朔漠”四字，可以说是这座战略防御兵城的真实写照。新城选在归化城东四王庄的台地上，是块风水宝地，北靠大青山，南傍大黑河，冬天无严寒，夏天无酷暑，四季分明，气候宜人，且历史上没有发生过大的地震、水患等灾害。

新城属土默川平原，是由黄河及其支流大黑河冲击而形成的平原。阴山和蛮汉山为绿色屏障，地下水源充沛，苇塘湖泊分布于四周。城周有护城河，水源主要来自城内外人工自喷井。新城除了驻防的八旗兵，将军官吏、王公贵族的衙署王府也分布于城内。城内有城隍庙、关帝庙、马王庙、财神庙、清真寺、耶稣教堂、三清宫等寺庙，还有四个花园，其中新旧城之间中山路南有个卧龙岗公园；将军衙署院东北角有一个将军花园；新城西南角有一个绥远花园，20世纪50年代建了新城宾馆。

新城东北家庙街有一处屠家花园，园主屠先生是湖北籍人。他在托克托县做地方官时因铲除大烟、治理贪腐得罪了地方势力而遭贬。屠先生官场失意闲赋在家，夜来读书，白日植花种菜，在东北城下开辟了一片园林。新城人称其为屠家花园。傅作义将军主绥时重才礼贤，公余常拜访屠先生，主宾在园中赏花品茗，议论时政，讨论农业。中华人民共和国成立后，屠家花园大部分被内蒙古党委占用，圈为内蒙古党委办公楼大院，20世纪60年代院内林木葱郁，花草茂盛，湖光潋滟，我常去院内的林中打鸟，在湖里游泳。内蒙古日报社于20世纪50年代初从张家口迁到新城

呼和浩特老车站

西北角，占用满族人的菜地及蒙古八旗兵的官房庙地，建起内蒙古日报社家属大院。内蒙古日报社社长勇夫、德力格尔在院子东南角开辟了菜地，在院子北面动员报社全体职工挖了一个人工湖，修了小木桥，这里在夏天成为新城居民休闲游泳、垂钓游玩的好去处。我小时候更喜欢去南门外淌马河畔（承薰门）的养鱼湖和内蒙古大学的湖里钓鱼、游泳。

绥远都统蔡成勋将军主绥时，常到旧城出席宴请、听戏游玩。新城通往旧城要过一片荒芜人烟的地区，是一条土路，得走大校场、姑子板，过回民区宽巷子，才能到旧城北门，一路坑坑洼洼，十分难行。民国六年（1917年），蔡都统派他的工兵团，连同部分征集来的民工，将新旧城大道拓宽，在道路两旁栽了柳树。日本人占领时期才修成一条水泥马路。中华人民共和国成立后，蔡都统种植的柳树都已长成参天大树，不仅为后来的行人遮荫纳凉，还成为新旧两城间一道绿色风景线。

长白书院

民国十四年（1925年），绥远来了位环保专家——新都统李鸣钟将军。李将军常巡视绥远城郊，看到城外有大片荒地沙化严重，一遇春天刮大风，黄沙滚滚，满目荒凉，于是将每年4月20日定为绥远植树节。届时他便亲自发动衙署官吏、学子、市民到城外荒地义务种树。中华人民共和国成立后，新城四门外呈现出“小河绕城流，柳树闻啼莺”的迷人景色。

那时人们登上新城鼓楼，就能看见新城官府衙门、平民小院掩映在绿色的花草树木间，让人心旷神怡。比利时传教士在姑子板建了一座天主教公教医院，并在院内种植了一大片从欧洲引进的白杨树，一到午后，城周的乌鸦成群结队地飞到树上栖息，每到黄昏，行人归家时，真能体味到一点儿“老树昏鸦、夕阳西下”的意境。

新城地区水位高，水压特别大，水质甘甜。南街城隍庙街有一口自喷井，新城人都喜欢用这口井的水泡茶。南街的清和园稍麦馆沏茶用的就是这口井的水。由于这里的水有名，新城人习惯称之为“水源街”，逐渐将原来的“城隍庙街”忘记了。新城街巷、庭院的许多古树都是野生的，我家前院有一株百年古榆树，榆钱特别甜嫩好吃，每年榆钱散落在我家前后院墙角没有人管，经过一年扎根发芽，几年就能长成几株小榆树。新城有人家老人过世出殡时，要在坟头插一柳树枝，当地人谓之“引魂幡子”，这枝坟头柳几年后就会长成参天大树。

鼓楼

新城的标志性建筑是城中心的钟鼓楼。鼓楼在当时是新城的最高建筑，有 31米高，楼基有4个拱门，都用汉白玉砌成，上下3层，一层有6米高的石拱门洞，洞顶有巨型石刻八卦图，精工细作，线条分明，刻在一块 3 米见方的巨石上。楼底东南角有一小拱门，可沿着曲折的石梯上到二楼。二楼阳台上左边高吊一口大钟，右边撑吊着一面牛皮大鼓，每天早晨5点钟（晚上9点左右）由更夫擂击大鼓108下，谓之“晨钟暮鼓”。登到三楼极目远眺，黑河之畔的昭君坟尽收眼底，并可遥望迎旭门外的古丰州白塔，向西可见旧城北门外的清真大寺望月楼。鼓楼阁楼内有历代文人骚客登楼吟咏的诗词留名，楼顶南面有绥远将军安定手书四个大字“帝城云里”，北面挂一巨型大匾“玉宇澄清”，最上悬挂一“玉皇阁”匾额。中华人民共和国成立初期，鼓楼被改建为内蒙古图书馆。1958年，内蒙古自治区成立10周年搞旧城改造，将鼓楼拆除。

新城鼓楼拆除后，楼上栖息的蝙蝠和家燕无家可归，漫天哀鸣，十几日不散，让人夜不能安。从此，东西南北四条街小吃摊的生意也逐渐萧条。呼和浩特市为庆祝内蒙古自治区成立20周年，在城东南角、西南角建起了小二楼，内设新华照相馆、新城饭店、副食品店、新城图书馆、土产门市部等。旧时的好几家老字号如永胜泉酱菜园、清和园饭庄也相继歇业。从此，呼和浩特市开始拆旧盖新，将新城拆得只留下一座将军衙署。

将军衙署的官员

独轮车

绥远时期连接新旧城的大马路

新城

新城将军衙署内的官吏

税务官

呼和浩特与满族人

民国初年为了维持生活变卖家当古董的满族人

扫码听书

满族是一个具有悠久历史的北方民族，发源于我国“白山黑水”间，兴起于明朝末年。明朝崇祯年间国力衰弱，李自成领导的农民起义军攻入北京城，山海关外强大的女真骑兵虎视眈眈。吴三桂引清军乘虚入关，横扫明朝军队，建立大清王朝。大清建立之初，为了拉拢北方蒙古各部，清朝皇室与蒙古王公和亲，建立姻缘关系，其目的是借助蒙古强大的势力，巩固大清朝的统治。

为此，清廷制定了基本国策：南不封王，北不断亲。现存于呼和浩特市扎达盖河畔的和硕恪靖公主府，就是康熙帝的女儿恪靖公主与蒙古喀尔喀部土谢图汗之孙敦多布多尔济的府邸。它是清代满蒙联姻的历史见证。

曾任内蒙古自治区人民政府副主席的阿拉善亲王达理札雅，其福晋金允诚，系清朝末代皇帝溥仪的叔叔载涛贝勒爷的女儿。载涛是统领大清皇室禁卫军的总管，一生酷爱中外名马，好把玩西洋名枪。民国初年，满族人的俸禄被停止，载涛贝勒爷落魄为平民，为了生计卖了府邸，在北京的大街上摆起地摊。

中华人民共和国成立后，载涛被毛泽东主席任命为中国人民解放军炮兵部队马政局顾问。

抗日战争时期，著名的八路军一二〇师师长贺龙的政委关项英是满族。

满族八旗军

喀喇沁王府内的满族福晋

1938年，贺龙、关项英向呼和浩特大青山派出以李井泉、姚喆、黄厚、贺寿祺为首的八路军支队，进驻大青山抗日。

内蒙古自治区成立后，从北京大学来支援内蒙古大学的著名学者金启宗教授是满族皇亲。金教授为内蒙古大学的北方少数民族历史学研究培养了一批优秀人才，为内蒙古民族学研究奠定了坚实的基础。

新城建于清乾隆四年（1739年），是一座满八旗军居住的城市。清廷规定满八旗官兵的任务是练武习文守卫边塞，因此不得经商务农。满族人多出武状元、文化人，如傅作义将军的机械化师长孙英年将军便是满族人。

我小时候在满族小学上学，从白校长到付老师都操着一口京腔，说起话来十分好懂。

满族人重视文化教育，待人很有礼貌，说话没有粗言秽语。到满族人家串门子，老人都要给你吊一碗凉粉皮，或摘一串葡萄吃。年轻人志向多为当教员、做文书工作，老一辈的则由清廷为他们每月发放俸银官粮。

辛亥革命后，民国政府取消了满族人的俸禄，在新城的满族官兵失去了生活来源，有一部分人弃家出走回东北祖籍谋生，有些人组织手工业社团，如面镜社、麻纸社、三轮车社等，从事手工业劳动；还有一部分在

新城满族贵族家庭

阿拉善达里扎雅与满族福晋金允成

满族福晋与蒙古族贵妇人

满族妇女发型两把头

新城西南角菩萨街（公园南路）开辟菜园谋生。

中华人民共和国成立后，新城区政府在东门外（迎旭门）开辟了些荒地，组织一些以满族人为主的各民族成立了一个“团结社”，社址在南门里前巷一带。

我们班同学白贵斌的家人就是团结社的社员，入社的满族人通过辛勤劳动解决了温饱问题，即使在20世纪60年代的困难时期他们也有饭吃。

有些满族人放不下贵族身子，整天游手好闲，遛鸟放鹰，一生都受了穷。如新城的老光棍“二莜面”“三莜面”，他们年轻时耍鸟架鹞子，玩了一辈子，晚年独居一处。“二莜面”推了几年独轮车，一天能赚个两三元钱，然后在“东风园”三角八分要一份过油肉，一角八分喝二两薯干酒，喝完就回家睡觉。

我们小时候晚上不回家，常到“三莜面”家住，给“三莜面”带点儿米面烟酒。这些一辈子没家没室的老光棍们，将新城无家可归的孩子都收留在家，尽管晚年无依无靠，但他们心地都特别善良。

满族官兵的后代除了练武操兵，女人平时在家养草绣花，男人多好习文舞墨，出了不少文化人及书画家。与我相处的满族知识分子中，有不少文化艺术界的精英人物，如中国舞蹈家协会第八届名誉主席贾作光先生，系蒙古族舞蹈的奠基人，其代表作《鄂尔多斯舞》是蒙古族舞蹈的经典之作，从20世纪 50 年代登上全国舞台一直跳到今天。自治区政府主席巴特尔曾带领内蒙古歌舞剧院赴台湾演出，《鄂尔多斯舞》以独特的艺术魅力又一次征服了台湾观众。

内蒙古美术家协会副主席、著名满族国画家关和璋先生和其子关麟英都是以画山水见长的画家，其父关德山是内蒙古著名的武术家。

内蒙古著名的满族玻璃画、国画家关国胜擅长国画，工中国玻璃画技法，1983年他在内蒙

逛旧城的满族妇女

贵族家庭的轿子

古美术馆举办个人玻璃画展，受到布赫及内蒙古师范大学著名教授王之英的高度评价。

歌王哈扎布的弟子，我国著名的满族歌唱家胡松华，以一曲赞歌成名。唐香国，别号大灵香人，擅长画人物，亦能画山水风光，尤善画寺庙佛教工笔画。新城财神庙十八罗汉、乌兰巴托寺庙修复时，特聘唐先生去绘佛像。

索师爷，清末衙署红笔师爷（秘书），自幼聪慧过人，善书写，喜绘画，能左右手写一笔好梅花篆字，其花鸟山水颇受商贾官家及收藏家的喜爱，遗憾的是师爷英年早逝，其作品存世不多。

计占鳌，号葵园，毕业于北京师范大学，民国时期在京府供职，喜书法，得京师名家沈尹默真传，行草以“二王”为宗，曾为内蒙古博物馆书写文物碑文，并与呼和浩特市书法家王裕民先生创办呼和浩特市书法篆刻研究会。当代人以收藏计先生的墨迹为幸事。我在内蒙古博物馆的文浩先生家中欣赏过计先生的书法，笔墨流畅清逸，令人叹为观止。

内蒙古大学中文系教授佟靖文先生治学严谨，著述颇丰，是自治区满族学者金启宗教授的门生，是满族学专家。

郎立兴，1950年出生于内蒙古满洲里市，祖籍山东莱州。中国人像摄影学会副主席，中国摄影家协会名誉主席，内蒙古人像摄影学会。曾在中国美术馆举办冰雪摄影展，中国摄影家协会及专家对其给予很高评价。

张德祥先生是我的发小，家在新城北街住，他通音乐、善写作，系社会活动家。张德祥曾任内蒙古经济电视台副台长、内蒙古政协港澳台办副主任，现任北京教育电视台副台长。他们都是满族知识分子中的代表人物。我的发小中满族子弟还有二毛、白援朝、三老虎、白玉成等，都是与我相伴50多年的朋友。

内蒙古摄影家协会副主席何少华、包头著名摄影家李恩忠、内蒙古摄影家协会副秘书长杨静也是满族。我们在一起工作十几年，相互支持，互相尊重，成为事业上的知音和同道。

乌素图法禧寺

乌素图佛教学校的学员

乌素图

扫码听书

乌素图大运庄园天鹅湖

乌素图

呼和浩特市北有一座连绵数千里、峰峦叠翠的山脉，这就是大青山，属阴山山脉。

大青山中部有一条沟叫乌素图，位于呼和浩特市西北5公里处。乌素图是蒙古语，意为有水的地方。这里林木茂密、山泉清澈、庙宇林立，赵武灵王曾在这里修筑长城，大兴胡服骑射，操练兵马。

乌素图白道梁是大漠南北重要的通商古道，北魏王朝在乌素图北山梁设有军事要塞，北朝诗人曾登临乌素图马头山，遥望水草丰茂的敕勒川草原，吟咏出千古绝唱："敕勒川，阴山下，天似穹庐，笼盖四野。天苍苍，野茫茫，风吹草低见牛羊。"

发源于乌素图的扎达盖河，是呼和浩特的母亲河。北元蒙古右翼土默特万户首领阿勒坦汗，在扎达盖河畔建了大召寺。第二年，阿勒坦汗的夫人三娘子按元大都的布局建了一座城市，明廷赐名归化城。

阿勒坦汗及其后代十分推崇喇嘛教，万历三十四年（1606年），察哈尔部精通蒙医的高僧佃齐呼图克图在土默特部传播佛教，为王公贵族、牧民治病送药。

佃齐活佛陶醉于乌素图山水，遂集资聘请土默特蒙古族工匠都古尔、拜拉设计施工，在扎达盖河西畔建起一座雄伟的喇嘛庙，清廷赐名庆缘寺。清代又逐渐建起法禧寺、罗汉寺、长寿寺。从此，乌素图成为土默川一处风光秀丽、召庙林立、僧侣云集、香火旺盛的佛教圣地。

1959年，由内蒙古自治区卫生厅厅长胡尔沁提议，中国佛教协会副会长噶喇藏主持，在乌素图开办了内蒙古蒙医培训班。

每当春天来临，乌素图漫山遍野的杏花盛开，呼和浩特（归化城）的王公贵族、文人墨客在扎达盖河畔的杏花树下饮宴赏花，踏青雅聚。乌素图以其独特的自然风光、丰富的人文景观，被评为呼和浩特十大自然景观之一。

昔年，康熙帝的爱女恪靖公主下嫁给蒙古喀尔喀部的亲王敦多布多尔济，前往漠北时途经归化城，看到阴山脚下的扎达盖河流域水草丰美，气候宜人，民风淳厚，庙宇林立，商贾云集，酒楼戏园鳞次栉比，便在河的东岸建起一座宏伟的府邸，人称"公主府"。

公主府高阶之上的山门两侧有一对石狮，门前带照壁，内有五进院落，房屋全是水磨砖贯顶，雕梁画栋，五脊六兽，是高规格的皇家建筑。后花园古木参天，湖光山色，奇花异草，水榭亭台，还有座喇嘛白塔。恪靖公主常在扎达盖河畔策马郊游，吹箫赏月。

扎达盖河蜿蜒曲折地流入归化城，西河沿岸庆凯桥下常见汲水挑桶、洗衣戏水的人，也有饮马士卒忙得日夜不停。

秋风一凉，牛桥两岸就热闹起来了，手提马鞭、精明干练的桥牙子走上桥；大盛魁等商号的驼队从后草地鱼贯而入，聚在北沙梁。

常言道："三大号动百业兴。"行走的驼队满载皮毛、药材，驼铃声在扎达盖河畔此起彼伏，响个不停，南来的绸茶商，北往的皮毛贩，熙来攘往地在扎达盖河畔做起生意。

1957年，呼和浩特市市长阮慕韩动员呼和浩特市职工、学生到乌素图植树造林，并在这里修建了水库。自治区主席乌兰夫带头上工地参加劳动，并亲笔为水库大坝题词。

扎达盖河是呼和浩特的母亲河，世世代代滋润着土默川和呼和浩特的人民。1957年自治区成立10周年之际，内蒙古总工会在乌素图召风景秀丽的辩经地——扎达盖河畔，建起内蒙古工人疗养院，专门收治内蒙古毛纺、煤矿行业以及包头钢铁企业患有职业病的职工。

"文化大革命"期间，内蒙古工人疗养院被迫停止收治企业职工。

党的十一届三中全会后，内蒙古工人疗养院重新收治企业职工。在"文化大革命"中，乌素图的5座召庙被摧毁了3座，呼和浩特市民委逐年拨款，修缮了幸存下的庆缘寺和法禧寺。

为解决喇嘛青黄不接的问题，内蒙古党委统战部、内蒙古佛教协会在庆缘寺九间楼办起培养小喇嘛的佛教学校，为内蒙古培养了一批喇嘛后备人才。

1990年，内蒙古工人疗养院搬迁至呼和浩特市回民区文化宫街，内蒙古总工会将位于乌素图的疗养院旧址整体转让给著名企业家唐大运。唐大运重新规划设计，将疗养院主体建筑拆除，建起一座欧洲哥特式别墅。

唐大运成为乌素图村的一员，深感乌素图村自然风光优美，然而这里路灯不明、道路不平，不仅村民生活不方便，还极大地影响了村里旅游产业的发展。于是，唐大运跑呼和浩特市政府，为乌素图村投资修通了110 国道至东乌素图核心景区的柏油路。唐大运还在东乌素图森林公园修建了北极光滑雪场，这是呼和浩特市第一家冰雪运动的场所。他广植树木，引珍稀鸟类栖息，开挖湖泊，放养天鹅大雁。此举极大地美化了乌素图的自然环境，提升了乌素图的生态治理水平。多年消失的狍子、锦鸡、石鸡、野兔、雁、啄木鸟、伯劳、金翅鸟及国家珍稀禽类海东青、黑鹳

乌素图游客

均出现在乌素图的山沟池塘中。

背靠大青山，东依扎达盖河的大运庄园，先后接待了数十位国内外企业家、政府要员、文化界名人参观游览。乌素图已成为呼和浩特市民节假日休闲旅游的最佳去处之一，乌素图村的百年老杏园对外开放，被开辟为观赏杏花的景区，许多村民在自家开办起农家饭店。

谦和果园经理张宏奎大量引进优质杏树，在庭院广植牡丹、芍药花。为提升谦和果园的文化品位，他邀请内蒙古文化名人光临果园采风创作，并将果园饭店开发为内蒙古书画摄影创作基地。

近些年，呼和浩特市回民区政府加大力度，在大青山下修建景观大道，植树造林，将乌素图定为呼和浩特市饮用水水源保护区，清除大青山脚下的违建房屋，清理扎达盖河道。

如今，风景优美的乌素图又恢复了昔日林木茂密、清泉流淌、庙宇林立、古刹钟声、杏花翻坞的迷人景色。

大召养鸟人

扎达盖河畔的鸟市

养鸟人

扫码听书

养鸟人

名鸟红靛颏

以前呼和浩特新旧城达官贵人、盟旗王公、晋商小贩，闲暇时喜欢养鸟架鹰，过一种贵族式的闲适生活，社会各阶层的有钱人纷纷效仿，风靡一时。清末民初，呼和浩特的鸟市、鸟具店生意兴隆，穿长袍马褂、提着鸟笼子，成为新旧两城人身份的象征。

呼和浩特有闲的人们早晨起来，有提着鸟笼到南门外（承薰门）、西门外（阜安门）、淌马河两岸、扎达盖河岸遛鸟的习惯。穷人家每天忙着打工赚钱、养家糊口，没有那份闲情逸致。这些衣食无忧的玩鸟人手提鸟笼，到河边柳林扎堆，脱去鸟笼布，将画眉、红靛颏等名贵鸟挂在树上。百灵鸟的鸟笼被放在草地上，等晨光透过树梢照进树林，顷刻间，百鸟齐鸣，遛鸟人踏着带有露水的青草，呼吸着清晨的新鲜空气，在晨光中听着悦耳的鸟鸣，真是一种享受。呼和浩特新城的满族人不仅会养鸟，还善于捕鸟。每当阳春四月淌马河开，柳树吐出绿芽，一些南方的候鸟成群飞到新城南门外，在淌马河南面的小树林里栖息觅食，新城爱捕鸟的人会拿上鸟夹子、背上拉网到林中设夹下网。

我小时候跟满族孩子白援朝、洪振中（二毛）去挖蛹虫，然后带上鸟夹子、拍网，到西门外淌马河西的树林里捕鸟。我们在鸟夹子上放上蛹虫，夹子上盖上伪装草，站在百米外的地方等待着，一会儿就有爱食蛹虫的“屁咯吱”鸟（布谷鸟）、“虎布浪儿”（伯劳）上网被夹住。食蛹虫的“屁咯吱”“虎布浪儿”气性大，没有一定的耐心，很难养活。养鸟的玩家大多养食谷物的鸟，如黄鸟、白玉鸟、红靛颏、蓝靛颏、画眉、百灵、青红鸟，这些鸟形态可爱，羽毛色彩绚丽，鸣叫悦耳。内蒙古特有的草原百灵鸟有模仿百鸟叫声的本领，甚至有的百灵鸟能学猫叫、小孩啼哭声。中华人民共和国成立初期，呼和浩特的鸟市在新城鼓楼下，新城的满族人、汉族官商弟子，每天玩鸟、架鹰鹞齐聚鼓楼。玩百灵的人，常常将笼子放在路边上，以便让百灵习惯车水马龙的嘈杂环境；玩画眉、玉鸟、红靛颏的人相互攀比，炫耀自己养的鸟的品质，晒着太阳，相互打听些街谈巷议的小道消息。

新城有一位捕鸟的大玩家，满族人，叫三嘎拉，在车站西街木材场下夜，家住在新城日盛茂满族官房。他每天牵只大狼狗，下午开始上班，第二天早晨八点下班后，背上拉网，挑一条扁担、两个鸟笼，去往南门外小树林，将鸟笼挂在树上，在草地上布上拉网，网内放三只青红鸟，这叫“诱子”，然后撒些谷子，放一点儿水。笼中鸟一鸣叫，就引来青红鸟飞到网子周围的树上，网内的“诱子”扇动着翅膀，将野鸟的注意力引到网内。早晨正是野鸟出来觅食的时间，它们看见网中的谷子就飞下来吃，在50米外的三嘎拉一拉网绳就将正在吃谷子的青红鸟网住了。三嘎拉一上午能捕十几只青红鸟，好一点儿的老爷子留下自己玩，一般的鸟，谁若给老爷子一盒烟、买上半斤点心、帮忙挂鸟笼布网，老爷子就送给他一只。三嘎拉捕一天鸟，只留几只红靛颏、画眉、白玉鸟，卖几个钱换酒喝。他捕鸟不为钱，主要为了玩乐。新城东门（迎旭门）外路北是满族人和老绥远官商人家的坟地，入夜坟地里野狗成群、磷光闪闪。路南高土台上有座奶奶庙，每年庙会，都有求子的女子来这里烧香磕头。曾经有个看庙的光棍老汉，姓杨，一天他

遛鸟人

在庙南边发现了一个砖砌的大坟墓，就将自己的家搬进这个大坟圈子里，杨老汉认为这个家冬暖夏凉，给个房子也不搬，人们就叫杨老汉“地杨”，后来将他的真实姓名也忘记了。

“地杨”也是个养鸟的大玩家，常在大黑河、如意河一带用挂网捕鸟，有时一网能捕几十只鸟。我去“地杨”家里玩，老爷子坐在炕上，家里院外都是鸟笼，既有珍贵的红蓝靛颏、黄鸟、玉鸟，也有草原百灵、八哥、画眉鸟，最吸引孩子们的是他养的“十二红”，被驯得能按照人的指令啄花衔物，表演各种技能。就连他从小喂大的麻雀，都能在房里院外自由飞翔，帮老爷子吃家中的

训鸟

赏鸟

蚊蝇。“地杨”真是个玩鸟的大行家，常惹得新城的闲散人员、社会上牵狗玩鸟的慕名而来，每天家中登门拜师者络绎不绝，不断有人为老爷子带酒敬烟、送粮买菜。

老一辈养鸟人故去后，鸟市曾一度关闭，养鸟的人十分稀少。改革开放后，随着人们生活水平的提高和社会养老保障制度的完善，又有新生代的养鸟人出现，新城的满都海公园、旧城的牛街和扎达盖河沿的鸟市又兴盛起来，每天从早到晚人头攒动，熙来攘往。我闲暇常去牛街“白老六”煮鱼子莜面馆吃一碗煮鱼子、一盆羊脊骨后到鸟市转转，各种工艺精湛的鸟笼和品种繁多的鸟类让人目不暇接，流连忘返。我几次想提个鸟笼回家，却一再被友人劝阻，他说养鸟得每天有细心人伺候鸟，我每天东奔西忙，哪有时间呵护小鸟。在鸟市上，我常能碰到与我打招呼的“陌生人”，聊起来才知道是年少时的鸟友，40 多年过去，对方已不是儿时的模样了，我看着这些从前的鸟友、鸽友提着鸟笼悠闲自得地在扎达盖河沿上遛鸟，真是羡慕他们的生活。

呼市养鸽名家炜明和小老虎

饲养观赏鸽

养鸽人

扫码听书

赛鸽

20世纪60年代初，我家前面住着几户回族人，其中有一位姓张的老爷子是养牛户，我们家几个孩子都是吃老爷子的牛奶长大的。在我11岁时父亲去世了，我开始帮着妈妈买菜、打酱油，去张老爷子家打牛奶。每次一走进张老爷子家的大院，我就被他家养的鸽子深深地吸引，常常一看就是好长时间，从而忘记回家送牛奶。

张老爷子有个孙子叫老三，我们为区分新城孩子中好几个叫“三子”的人，都叫他回民三子。回民三子和我年龄相近，十分喜欢养鸽子，我们成了朋友。有一天，回民三子给我引荐了一位家住新城西街西夹道的满族大户人家的孩子，叫三老虎，他拿来一对刚断奶的小鸽子，我爱不释手，花了5元钱把这一对小鸽子买了下来。从此，我开始养起了鸽子。我在院子当中盖了一间鸽舍，为了让鸽子容易记住我的家，我在房脊上放了两块醒目的黄色琉璃瓦。一到周末，我就跟上回民三子走街串巷到处以鸽会友，只要看到好鸽子，就和我妈要上钱去买。刚养鸽子的时候，看见什么都买，什么白凤头、黑两头、黑夹翅、紫夹翅、灰通信，鸽子养了一大群。因为怕别人偷我家的鸽子，我还养了两条狗。

有人说我养的鸽子太杂、太乱，不上道。于是为了提高养鸽子的水平，我遍访了新旧城玩鸽子的名家。新城养鸽子比较有名的是在拐计合杂货店卖菜的疤老

观赏名鸽

李，他家住南街辘轳把巷，他以养白凤头、白狮子头为主。他家白凤头的头似算盘珠，嘴似白玉珠，体态丰满，头圆眼大，凤头又大又翻。他的白狮子头非常名贵，深藏家中不让人看。住在北街家庙街赶马车的扁鼻子家养的观赏鸽以黑两头为主 。刘雪峰养的鸽子以灰通信为主，雪峰不但灰通信养得好，而且刻的鸽哨在新城一带很有名。他刻的“二音”“三音”“七星”造型美观，音色纯净，深受新城养鸽户的喜爱。鼓楼东南角烧锅炉的良华养的白通信在新城十分稀少。良华梳个油光锃亮的大背头，风流倜傥，平时喜爱与戏剧界的名伶交往，他还是晋剧名票。旧城三官庙旁的笼罗匠杜占魁以养大鼻子灰通信著称，他家的灰通信个头大，嘴长鼻子大，毛色又纯，背的鸽哨系清末民初名家刻的筒子。呼和浩特刻鸽子哨的有新华大街银行院的老彪，他得到呼和浩特刻筒名家的真传，刻的鸽子哨用料讲究，刻工精细，借鉴古今名家的鸽筒，刻的“七星”“八戒”“ 十三太保”最有名，筒子外形美观、轻巧，音色好听。我小时候养的鸽子和同学老炜明养的鸽子，带的都是老彪刻的筒子。

呼和浩特有两位养紫两头的专业户，一位是在精神病院工作的王文科，他的紫两头紫盘齐、毛色干净、白玉嘴、前凤头后飘带、双胡子、双金眼，当时王文科的紫两头一对就能卖60多元钱。还有一位是家住西街克勒布旁的老炜明，养紫两头有40 年，系呼和浩特新旧城养紫两头的大玩家。他的紫两头不仅数量多，品质也一流。近些年老炜明看到紫两头市场行情不佳，养鸽界兴起养飞行竞赛的信鸽，于是又改养信鸽。呼和浩特养鸽子最大的玩家当数新城鼓楼东北角养牛的回民马富的儿子二韦子，他人生得高大英俊，年轻时辍学在家帮父亲放牛，家中养了上百只鸽子。他家的鸽子每天飞起盘来遮天蔽日，甚为壮观。二韦子家什么品种的鸽子都有。新旧两城人养的鸽子凡是从二韦子家上空飞过，常被二韦子家的鸽群卷住，失去方向。要是鸽子被二韦子垫住了，认识的鸽友来要鸽子就给个人情，不认识的人来要得用5斤高粱赎，二韦子用垫住的鸽子换的粮食，足够上百羽鸽子吃的。我们小时候为了和二韦子学养鸽子，常常旷课帮二韦子到南门外的小树林放牛。我养鸽子受二韦子、回民三子影响较大。我家的鸽子最多时达80多羽，我属于养鸽杂家，什么鸽子都养。鸽子在春暖花开时开始配对、换气、踩蛋，一周后母鸽开始衔草做窝产蛋。鸽子一窝产两只蛋，第一只蛋为公鸽，第二只蛋为母鸽。公鸽母鸽轮流孵蛋18天，之后小鸽

养鸽大家奥恩和养鸽名家张辉在交流

养鸽名家炜明

啄破蛋壳出来。头一周内公鸽母鸽为小鸽嘴对嘴喷流食，第二周喷半流食，第三周喷整食。一个月后小鸽就能自己学着公鸽母鸽吃食了，一个半月就能随老鸽飞盘。

鸽子分观赏鸽、信鸽两种。观赏鸽以其不同的羽色、精巧美丽的形态供人们观赏；信鸽以强健的飞行、超强辨别方向、远距离回巢的能力进行竞赛放飞。新购买的鸽子，先用绳子扎住翅膀与自家鸽群放到房上晒房皮，一两周后再放开翅膀与鸽群飞盘。玩鸽子最有趣的是赶起自己家的鸽子飞盘，将别人家的鸽子垫回来，而后用自家鸽子引被垫的鸽子入鸽棚，或用鸽粮将垫住的鸽子引在房檐头，用竹圈网绳做的“海子”将被垫住的鸽子扣住。呼和浩特不大，养鸽子的人相互之间都认识，所以大家将抓住的鸽子都送了人情。

养鸽子首先得解决鸽粮问题。小时候我家鸽粮的一个解决途径是拿家里的粮

票、工业券、布票到农村和农民换粮食。有的鸽友解决鸽粮是秋天去农田旁的老鼠洞掏，他们将1.5米长的钢筋棍一头磨尖，到地里顺着老鼠洞扎到老鼠储存冬粮的粮仓，然后用铁锹挖开粮仓将粮食掏走。一只老鼠的粮仓有6斤左右的粮食，老鼠过冬的粮食被掏走后，就会选择一根树杈上吊而死。那时人们常常因为垫住别人家的鸽子打架生事。老年人常对我们玩鸽子的人说：“玩鸽子的人发不了财。因为天天抬头看鸽子，被金元宝绊倒也不知道。”20世纪70年代初呼和浩特有一位到内蒙古支边的姓吴的上海人，住在新城西街牛肉铺巷，人们都叫他“小上海”，人生得短小精悍，细皮嫩肉的。“小上海”从上海带来几羽信鸽，其外形像灰通信，但体态比灰通信显娇小，没有灰通信的大鼻子，翅膀上有黑点子，因而又叫“雨点”。“雨点”是外来鸽，本源在欧洲，20世纪20年代从欧洲传到上海。20世纪80年代，呼和浩特市成立了信鸽协会，放信鸽成为体育比赛项目后，“雨点”在呼和浩特迅速繁衍起来。呼和浩特养“雨点”的玩家除了“小上海”，还有铁路局的大罗子、内蒙古师范大学美术学院的院长小旦（奥恩）、呼和浩特市体委信鸽协会的秘书长范荣。信鸽竞赛被列入国家体育比赛项目后，信鸽成为呼和浩特人养育的主流鸽群。近些年来，养信鸽的人越来越多。一羽好信鸽从500公里外6小时就能飞回鸽棚，优胜鸽奖金从10万元到100万元不等。养鸽人不惜重金购买优良品种，以前呼和浩特人常养的上海鸽也被欧洲名鸽取代。目前呼和浩特养鸽子的玩家奥恩有30多年养鸽的经验，他养的信鸽大多是欧洲及国内比赛优胜鸽的后代，品质优良，在区内外信鸽比赛的成绩名列前茅。奥恩带我去了呼和浩特市八拜镇慧

养鸽子的老前辈

奥恩和张辉

流动军鸽棚

军鸽传情报

空中拍照的军鸽

丰赛鸽公棚参观，棚主张辉先生热情地接待了我们。他的鸽棚占地7亩，拥有4000多平方米的鸽棚，有赛鸽、观赏鸽近2000羽，均为国内外顶级品种。张辉前些年从比利时、荷兰花上百万元引进了有辉煌战绩的赛鸽几十羽，内蒙古赛鸽的大玩家在区内外获得百万元大奖的赛鸽大多数都出自慧丰赛鸽公棚。这个公棚不仅成为内蒙古高端赛鸽繁殖基地，还是中国观赏鸽的繁殖保护基地。张辉先生常年雇着七八个训练有素的养鸽工人，从环境、鸽棚、饲料、卫生、种群分类均按照国际饲养标准管理。由于城市旧房改造，许多居住在深宅大院的养鸽老户搬进楼房小区，失去了养鸽的条件，观赏鸽的玩家更是越来越少。我和中国摄影家协会副主席王文澜、著名摄影家解海龙到包头东河老区北梁大搬迁现场拍片子，在一个包头老商户的大院内，意外遇上了养信鸽和观赏鸽的叔侄俩。叔叔叫张建月，是包头一户皮毛世家。张建月的父亲是包头皮毛商，上几代人都爱玩鸽子、养鸟，其父将一窝上等品质的鸽

赛鸽

子传给两个儿子。我走进张建月的鸽棚，惊喜地发现了十几羽上乘的“黑两头”“紫两头”“黑环”“灰串”“白狮子头”“白凤点”。张建月和我聊起来，得知我也是一个玩鸽子的，便从一个笼子里拿出了一对稀有的“白凤点”“麻背”，给我看这些品种。我仅在中国著名的收藏家、名鸽大玩家王世襄先生所著的《明代鸽谱图》中见过，在呼和浩特还没见过这两种稀有的观赏鸽。问起张建月老先生搬进楼房后还养不养鸽子，他说能养的话，会尽量想办法将老人留下的这些名鸽保留下来。

鸽子因其美丽的形态、温和的性情、对人类的依赖亲和性，深受人类的喜爱。我国从明朝就培育繁殖出羽色丰富、品种各异的观赏鸽子。养鸽、赏鸽能陶冶人的性情，使人身心愉悦，进而使人亲近动物、热爱生命、崇尚自然。国家原副主席宋庆龄、京剧大师梅兰芳、作家老舍都喜欢养观赏鸽。北京同仁堂的乐老板也是玩鸽世家，曾为一羽名鸽一掷千金。王世襄家族世代玩鸽，并写出养观赏鸽的专著，老先生为观赏鸽濒临灭绝十分忧虑，为此，他曾多方呼吁并亲自给国家领导写信，反映中华民族经千年培育出的中华观赏鸽品种如今所剩无几。近些年，人民生活水平日益改善，国内许多城市开始从国外进口肉鸽作为广场鸽饲养。肉鸽毛色单一、形态丑陋、体笨嘴长、小鼻小眼，观赏价值不高。王先生希望上级领导指示有关方面抢救性地繁育中华观赏鸽，在国际体育赛事及国家庆典活动中放飞，在国内推广广场饲养，以美化国人生活环境，传承中华民族几千年的观赏鸽文化，对中华观赏鸽品种加以保护、推广。随着社会文明的不断推进，人们对中华优秀传统文化越来越重视，养观赏鸽的人也多了起来。观赏鸽的羽色丰富多彩，形态精巧美丽，为我们的生活增添了祥和的氛围和美的享受。

新城满族玩鹰人

回族训鹰名家安钧和伊丽嘎在野外训鹰

呼市玩鹰人

扫码听书

呼市最后的训鹰人安钧

名鹰海冬青

猎鹰捕兔

以前蒙古族、满族的皇家贵族都喜欢玩鹰。广袤的草原，白山黑水间盛产鹰鹞，它们是皇家贵族狩猎的好帮手。明清一代玩鹰盛行，由宫廷渐入民间。呼和浩特新城玩鹰名家姓李，满族人，人们都称其为“老艺子”。此人得宫廷驯鹰师真传，练就了捕鹰、驯鹰、熬鹰、喂鹰、鹰捕狐兔等技法。绥远坐拥三旗四县的达官贵人嘎兰达王爷都请他驯鹰。当时以捕鹰为业的鹰户捕到一只好鹰“海东青”能值白银40两、青布20匹。清末民初，不少满族人吃俸银官粮，整日游手好闲，“玩鹰架鹞”在贵族官宦子弟中成为风尚。

20世纪50年代的呼和浩特，每天早晨，大街小巷的满族人喝完茶，提鸟笼、架鹰鹞，齐聚新城鼓楼下的鹰鸟市，玩鹰的胳膊上套着一尺多长的鹰套，以防鹰的尖爪伤了人。架鹰外出时，他们用一根细绳缚住鹰腿，一头套在手指上，鹰道上称其为“五尺儿”。为防止鹰被四周汽车、飞鸽惊扰，鹰把式们会做一个皮套戴在鹰头上，玩鹰人谓之“帽子”。玩鹰先要选鹰，草原鹰品种很多，满族人喜玩猎鹰，这种鹰比金雕、草原鹰体型小，比鹞子大，体重二三斤，满族人将其分为黄鹰、红鹰、青鹰、破花鹰，其中以红鹰为上品。

驯鹰第一步是喂鹰。鹰系猛禽，心高气傲，被擒后气性大，常绝食对抗主人。这时得注意不能让鹰因肝火过旺而得病，要将上等嫩牛肉用温开水泡白后喂鹰；对鹰不能发脾气，要有耐心。玩鹰的主并不像人们说的游手好闲、风流潇洒。驯鹰是十分辛苦的事情，这些人想驯服一只孤傲的雄鹰，第一步得让野鹰“上膊”，这一关免不了被凶鹰抓伤。驯鹰最关键的是磨掉鹰凶猛的性子，基本手段是“熬鹰”。捕到野鹰后，晚上得找3个家人或鹰友实行“三班倒”，人可轮流睡觉，鹰不能睡。白天要将鹰用胳膊架到鹰市，新城的鹰市在鼓楼西落凤街路口，这里玩鹰的高手众多，鹰隼、名鹞荟萃。被熬了一晚上的鹰看到这么多的同类，便安静下来。各路玩鹰者聚在一起，探讨捕狐抓兔子的猎场，向玩鹰的名家请教熬鹰驯鹰的经验。待熬鹰一周后，鹰的野性退了些，便开始驯鹰“跳掌”。鹰站在一尺多远的鹰杠上，人将鲜肉放到套袖上，诱惑鹰往胳膊上跳，并逐渐拉长距离，直到鹰能跳一丈多远，此时就要上“溜线”了。用十几丈长的“溜线”把“五尺儿”的一端套在一个铁圈上，穿在“溜线”上，两个人分别站在距离六七丈的两端，叫鹰的人把“溜线”拴在腰上，举鹰的人用手抓住“溜线”的另一端。举鹰的人喊一声“嘿”，叫鹰的人把胳膊伸出来，鹰便从举鹰人这边飞到叫鹰人那边。在训练时还要观察鹰的反应，如鹰从举鹰人往叫鹰人那边飞时，飞得低、飞得直，见到猎物（鸽子、家鸡等）兴奋、挺身凝视就算训练得差不多了。熬鹰如达到“头似松塔，眼如芝麻，尾似耷拉”，说明鹰已经被驯化了。

养鹰的目的之一是用来捕兔。呼和浩特人放鹰多在郊区大黑河西岸与和林格尔、托克托县一带。新旧城有几位放鹰高手——九子、马幸才、吴大牙、安钧，他们常去达尔罕茂明安旗召河、四子王旗草原上放鹰。鹰猎兔最好是在平坦的草地上。达尔罕茂明安旗召河一带的芷芃滩里兔子最多。兔子白天怕鹰鹞狐狼攻击，夜里出来活动，它们在地上刨一个小坑，以灰色的皮毛做保护色伏在里面不动，只有人走到它身旁才跃起，才能被猎兔人发现。鹰捕兔前先得给鹰“清

呼和浩特训鹰人安钧、老马、额博、伊丽嘎

膛”，就是用一种棉草包上牛肉喂鹰，将鹰胃里的油刮出，使鹰有强烈的饥饿感。在鹰的背上装一个用牛骨做的小垫板，板上拴一个小钢铃，放鹰时铃能响，人可闻声寻鹰。在野外放鹰前最好找几个老乡做向导，他们每天放羊，哪个草滩上有兔窝，他们最清楚，既可引猎又可帮助猎人“惊兔”。每年进入10月，草色渐黄，草稀兔肥，放鹰时举鹰人站中间，每隔两丈站一人，排成“人”字形，这样兔子一受惊跳出坑，鹰可以立即看到。举鹰人胳膊一给力，鹰双腿一蹬从套袖上飞起，一个俯冲就将刚出“卧子”的兔子的腮帮子抓住，真是“兔起鹘落”。兔子在鹰的双爪下弯成“弓”形动弹不得，猎鹰人冲上去帮助鹰将兔子摁住，之后选最好的肉奖励一下猎鹰。玩鹰的满族人吴大牙、柱子，当时一天能捕十几只兔子。

辛亥革命后，新城的满族人被断了俸银官粮，吴大牙等玩鹰人在秋冬季节仍然牵狗架鹰捕狐兔卖，也能挣些钱补贴家用。满族人习惯玩猎隼。这类鹰体轻、好驯化、较敏锐，外形也俊美。蒙古族则更喜欢草原上有“万鹰之王”美誉的金雕。金雕在鹰类家族中体形最大，展开翅有两米多长，鹰爪如刀叉，羽金黄如披金甲，双目锐利，能看到百里之外的猎物，能捕万米高的鸿鹄，能擒草原上的狐狼。

1990年，我在锡林郭勒盟东乌珠穆沁旗采访时，牧民伊德木到旗里找当时的文体局局长、著名猎手满都拉求救，说他家后山有一只金雕，不但每天吃他家草库伦里放养的黄羊，这几天又开始叼骑马放羊人的帽子，有攻击人的倾向。我和满都拉开车到了伊德木家的草库伦，说话间一只巨大的金雕飞到我们头顶，伊德木家的黄羊被惊吓得挤成一团，满都拉举枪就射，金雕应声俯冲向满都拉，他便用枪托打老鹰，我冲上去用皮鞋踢它，满都拉上来又一枪托将它制服。据伊德木说，金雕遇上狼狐，会用爪提一块大石头将其砸晕后食之。金雕捕捉他家的黄羊，先用爪插入羊的头部，展开巨大的翅膀插入雪中，像推雪机一样将雪铲起一米多高，形成阻力，待黄羊跑不动后再啄其双目，然后食之。金雕一般非大型动物不捕，很少捕食鼠兔之类。金雕属国家一级保护动物。

“文化大革命”后，新城玩鹰的吴大牙、柱子等老一辈人都相继故去，玩鹰的人十分少见了，只剩下回民区的安钧等人。安钧以驯养猎隼、红鹰、青鹰为主，从捕鹰、熬鹰、驯鹰到放鹰捕兔、为鹰治病，总结了一整套驯养鹰的经验，家中收藏了一套珍贵的驯鹰工具，其中有阿拉伯王室珍品，成为呼和浩特鹰行的大玩家，连北京的玩鹰者都来向他请教驯鹰之法，远在中东的阿拉伯王室成员也慕名来观赏他的红鹰。

安钧老先生不仅善于驯养猎鹰，还十分珍爱猎鹰，从不提倡用强迫手段驯鹰。老先生认为鹰通人性，人要善待猎鹰，用心去指导它“上膊”“溜线”等技能，只有善待鹰，以鹰为友，鹰才能听你的话，和你默契合作。玩鹰人，都要遵守一条行规——立秋时节捕鹰、驯鹰，冬季捕兔玩鹰，春节过后要放鹰归山，让爱鹰回归自然，寻找配偶，繁衍后代。

训金雕

安钧的鹰捕获了野兔

习武

比武

武术之魂　立德立身

扫码听书

满族武术家关德山先生

呼和浩特市新城西落凤街38号，是绥远武馆。馆主、武术教头关德山曾是清末民初绥远马巡队巡查。

关先生的武馆在我家对面，我童年时，邻居中印象最深刻的便是关先生。

关先生80多岁，待人和蔼，长得高大伟岸，鹤发童颜，留着齐胸长的白须，形象酷似三国武圣关云长。

关先生刀枪棍棒、长短拳术样样精通，每天早上闻鸡持剑起舞，身姿矫健，如游龙出水，时而又似鹰击长空，武姿潇洒优美。先生每天上下午练武时间，武馆西墙上常常围满观看的人群。

先生自少年时，拜绥远城清末满族武状元吴长庚为师。吴大师出生于武术世家，善长短拳，精通长枪短剑，曾多次赴京津地区遍会武林高手，挑战武林擂台，打遍京、津、晋、冀、鲁地区无敌手，有塞外武圣之誉。关德山先生是吴大师的高足。

关先生祖籍吉林省安龙县，属瓜尔佳氏部落，先生祖上系满洲正蓝旗人。

满族人尚武，崇拜三国英雄关云长，入关后，瓜尔佳氏部改为关姓。关先生的武馆南边，就是绥远建威将军建的关帝庙。

乾隆四年（1739年），关先生祖上随建威将军从山西右玉城移驻绥远城，其祖父昌祥，是绥远十二家协领之一。

绥远将军信恪主绥时，为了培养满族文武人才，在新城南街设立启秀书院（南街1号大院），后为武备学堂，关先生少年时入武备学堂学习军事课程。

民国初年，满族人俸禄被停，为了生计，关先生在绥远满族人李春秀的混成旅任骑兵排长，民国十一年（1922年），他又转入归化城马巡队。

关先生历经三朝，一生坎坷，是呼和浩特新城最后一批满族马巡队官兵，也是最后的满族武术大师。

中华人民共和国成立后，为了传承中国传统武术，关先生将庭院中的花草、葡萄架铲除，修整小院，还拿出祖传兵器，并制作石锁等健身器材，在新城区政府的支持下，办起了关家武术训练班，招收呼和浩特喜爱武术的青少年，免费教他们练武术。

关先生善长拳、形意拳、八段锦等，自创“鹿角拳”。先生的住房属穿靴戴帽式满八旗老官房，弟子们每天在院中平坦的训练场上习武健体。

我与关先生是近邻，所以每天站在家门台阶上，就能看到先生指导弟子舞枪弄棒地练功。

我出生在崇尚武艺和英雄的时代，因此在小学二年级时，每天下学后便和同学卫明结伴到关先生的武馆习武。

关先生从小看着我长大，破格收我和卫明为初级班的学生，并安排他的大弟子教我们蹲马步、弹腿等基本功。

关先生不叫我的名字，只叫我“小蒙古”，有时练完功留我在家里，先生和师母会询问我带有神秘色彩的家庭情况。

每逢过年过节，关先生就会身着青布中式新褂子，下穿灯

关德山先生的儿子——著名画家关和璋

额博与关德山先生的孙子——内蒙美术馆馆长关麟英

笼裤，脚蹬千层底布鞋，带领众弟子在鼓楼下、将军衙署门前表演武术。这时，先生总要带上他的一对鹿角兵器，表演祖传绝技。

自治区人民政府在将军衙署办公室时，每逢正月十五，武馆都会在衙署前表演。自治区领导人都会出来观看关先生表演武术。

那个年代，新旧城的青少年尚武健体蔚然成风，大多数热爱武术的青少年，都曾在关先生门下习过武。

当时，呼和浩特武门、摔跤有三大门派：新城的关德山、旧城的吴桐，还有擅长中国式摔跤的回民区的白老八。

1966年，“文化大革命”爆发，一群红卫兵小将闯入关德山先生的武馆，将他祖传的武术典籍烧掉、十八般兵器没收，还给武馆贴了封条。

1968年9月27日，关先生含恨离世。

我下学回家，听说关德山先生去世，放下书包就去了武馆，与先生告别。

关和璋老师及亲属弟子们将关先生抬入棺材内，先生身上穿着中式绸缎面料的装老衣，面容十分安详。

“文化大革命”中，我家前后院10间房子被强占，门窗玻璃、顶棚全部被打烂。父亲生前的厨师巴嘎的孙子和一些邻居家的孩子当上红卫兵，常在街上打骂我母亲。我们每天点着煤油灯生活。

在这艰苦的岁月里，我为自保并保护家人不受欺负，便将社会上爱好武术摔跤的朋友请到自家院中，其中有呼和浩特“老炮”张志远，外号“大北京”；

新城摔跤手

中国武术后继有人

白老八的徒弟“小不大”；北街的摔跤手赵福恩；检察院的李新建，人称“毛驴”；以及回民三子、麻花板的葛平、军区军干子弟曾乃文、吴桐的得意门生张学孔。

我们班同学卫明、国庆、敖勇帮助平整场地，购买摔跤服（褡裢）、拳击手套，大家每天在院子里摔跤练武。

有一次，巴嘎的孙子闯入我家院子里，要对我家采取革命行动。正在院里练摔跤的回民三子和两个朋友上去一顿拳脚，将这个小子打了出去。

在那个黑暗的年代，我家小院每天都有彪形大汉、武林壮士出出进进，院内常传出武术汉子们的阵阵喊杀声及叫好声。从此，街道上恃强凌弱的恶势力见了我们这帮身手不凡的“黑帮崽子”，都敬而远之了，我母亲、弟弟妹妹也没人敢再欺负了。

至今我的领导、尊师、朋友中，许多人都喜欢武术和摔跤，中国著名画家妥木斯先生是我国陈式太极拳的传承人。我的老领导、著名画家、摄影家石玉平，自青少年时就热爱武术，尤以七节鞭见长。我的影友任喜祯先生，是扎达盖河畔的武术名家，弟子遍及各行各业。我的老朋友，我国著名摔跤手董亚臣，曾培养出女子柔道历史上第一个“三连冠”高凤莲。著名画家李化军，是白老八的入室弟子。著名画家、诗人吉尔格楞，自青年时就是十五中的摔跤名手。

武术不仅能强体防身，还特别能提升一个人英勇无畏的精神气质。我身边凡是练过武术、摔跤的老师朋友，大多身强力壮、气宇轩昂，精气神十足。他们不但有不凡的气质、充沛的精力，而且大多为人正直，并在各自的事业上都取得了显著的成绩。

关德山先生已离开我们50多年了，然而，他培养的弟子遍及全市。关先生不仅是呼和浩特武术界泰斗，武高德馨，还义务为呼和浩特热爱武术的人们教授武艺，现桃李满天下。

关先生尚武崇文，培养儿子关和璋从事笔墨丹青。关和璋先生以山水风光见长，系内蒙古早期的著名满族国画家，曾任内蒙古美术协会副主席。关德山先生的孙子关麟英子承父业，在国画、油画艺术上均取得了很大成绩，曾任内蒙古美术馆馆长。

关德山先生以武立身，却以文传家，令后人敬仰。

正月里来回娘家

春耕时节

小毛驴

扫码听书

窑洞人家

骑毛驴的妇人

几千年前，驴子还是野生的，后经人类驯化，成为人们生产、生活的得力帮手。

毛驴是马的近亲，却没有马俊美，没有挺拔的身姿和雄健修长的四肢。

在历史的长河中，马曾陪伴人类纵横四海，留下了不少金戈铁马的动人故事，马也被誉为“战争之神”，为社会的进步发展立下不朽的功勋。

毛驴生得五短身材，不善奔跑，头大耳长，其貌不扬，千百年来就是人们骑乘、农耕驮运的好助手。

一头好驴的标准是耳大臀圆，毛亮体硕。毛驴的腰身很软，吃不住成年人的重量，所以骑马骑腰，骑驴坐臀。

毛驴长了两只敏锐的大耳朵，靠耳朵辨别方向，判断环境是否安全，分辨主人和生人的脚步。毛驴能记住曾羞辱打骂过它的人，并会寻机将欺侮过它的人，尥蹶子摔下驴背。

毛驴虽然没为人类建立什么奇伟的功勋，但是没有功劳还有苦劳，一生辛劳的小毛驴，地位卑微，软弱好欺，人们就随意拿毛驴开涮。

小毛驴也不知招谁惹谁了，常被人们用来比喻恶劣的事物，比如，形容有的人脾气很坏，就说这人“驴脾气”又犯了；有的人生来是个大长头，就被人骂“大驴脸”；有

的天生一个破锣嗓，唱歌就被说像驴叫；形容人答非所问，就说“驴唇不对马嘴”……人类对毛驴，实在太不公平了。

再看看人对马，从不吝赞美之词，如宝马、骏马、快马，等等；人们相互祝贺事情顺利时都说：“祝你马到成功！”

马的家族也以血统论优劣，蒙古三河马、西域汗血宝马、英国纯血马、俄罗斯卡巴金马最为金贵。一匹好的英国纯血马、土库曼斯坦的汗血马，身价都在几千万元。

驴大多生活在中国的河南、山东、河北以及西北黄河流域的黄土高原地区，贫困山区家家都得养驴。河北清河驴、山东德州驴体形高大，毛色发黑，不仅出肉多，皮还是熬阿胶的上等原料。

关中、绥德、内蒙古黄河流域的毛驴，毛色灰白，体形短小，以走山路见长。

骑毛驴的母女

赶集路上

毛驴的饲养成本低，又吃苦耐劳，满足了黄土高原山区农民的生产、生活需求。毛驴浑身都是宝，驴肉味道鲜美，营养价值非常高，民间有“天上的龙肉，地下的驴肉”之说。

内蒙古武川县、清水河地区多山地坡地，不适宜机械耕地运输，拉磨、驮水一天也离不开毛驴。

前些年，我随大青山抗日将领朱德、李井泉、姚喆、黄厚、杨植霖、贺寿奇的子女到大青山德胜沟，参加缅怀革命先烈、看望老区群众的活动。杨植霖书记的儿子杨林村给我讲了一个故事。

20世纪70年代，内蒙古军区司令员黄厚来武川看望慰问老区群众。临走时黄厚对老乡们说：“今后村里和家里有什么困难，就去呼和浩特找我。”武川老区的老乡进城里买卖农产品，都要带上武川的莜面、山药蛋子看望黄厚，司令员一定要留老乡们在家里吃顿饭。内蒙古军区哨兵们都知道这个规矩——武川、蛮汉山革命老区的乡亲找黄厚司令员，均不得阻拦，一律放行。

武川德胜沟的福生子是个贫困户，家里唯一的叫驴在发情期跑丢了。福生子失魂落魄地找了三天没找到，眼看着就要开春耕地了，愁得老汉吃不下饭、睡不着觉。村里同情他的老伙计们说：“福生子没办法啦，找黄厚司令要毛驴去吧！”福生子硬着头皮进城去军区大院找到黄厚司令员。黄厚一听福生子丢了毛驴，就说："那还了得！山里的农民全靠毛驴生产生活。"

黄厚员立即和警卫员交代，赶紧引上福生子，到旧城西口子牲口市场给老汉买驴去。警卫员花了26元给福生子买了头四岁的大叫驴，福生子牵上毛驴高高兴兴地回去了。

内蒙古西南部黄土高原盛产毛驴。男子一般不骑毛驴，农村女人和孩子出行都是以驴代步。呼和浩特市的清水河、和林格尔县的农村，尤其是正月里，在黄土高坡的沟沟峁峁的羊肠小路上，你常会看见骑着小毛驴回娘家的女人，驴背上放两个小箩筐，里面驮着小孩和大包小包的年货。

俊俏的小媳妇们身穿大红袄，脚穿绣花鞋，骑在驴的臀部，随着毛驴的步伐，扭动着小腰肢，成为黄土坡上一道亮丽的风景。

要陪媳妇回门的女婿，将大叫驴的毛皮梳洗得油光锃亮，再在驴头上拴个红缨子，脖子上挂上大铜铃，驴走起来昂首挺胸，铜铃叮当叮当地响。新女婿赶着大叫驴，让媳妇风风光光地回娘家，站在村口左邻右舍的老婆子、小姑娘们投来羡慕的目光。

山地多的意大利、瑞士以及北欧等国的农牧民也都喜爱养毛驴。欧洲国家的毛驴分两种，一种体形大的毛驴从事些驮运劳动，另外人工培育出一种体型娇小、毛色多样、性情温和的宠物毛驴，供孩子和人们观赏玩要，而且身价不菲。

毛驴以少食多劳，适应环境能力强，对大自然索取少、对人类贡献大而越来越受到人们的喜爱。

毛驴不与牛马羊争夺水草丰美的牧场，能干活亦能食用，占用的资源特别少，因而备受人类的喜爱。

当今人类不断与大型野生动物争夺生存空间。由于草原荒漠化进程加快，草原大面积缩小，草原上的大型牲畜骆驼、蒙古马，生存条件受限，数量急剧减少。

近些年，毛驴的价值更加受到重视，我国中原、西北地区养毛驴的农民也越来越多，昔日不被人们待见的小毛驴，已经成为广大农民发家致富的途径，内蒙古自治区农村、牧区出现了不少饲养毛驴致富的专业户。

八达岭“人”字轨

京绥铁路史话

青龙桥站

扫码听书

1912年2月13日辛亥革命胜利，国民政府宣布成立，孙中山先生当选为第一任大总统。由于袁世凯窃取了胜利果实，孙中山于2月14日被迫辞去大总统职务。袁世凯在全国舆论压力下，于同年8月邀请孙中山先生到北京会晤，二人表示，今后要淡出权力中心，旨在创办实业，建设全国铁路。

于是，孙中山先生与爱国工程师詹天佑筹钱设计修建北京至绥远的铁路。詹天佑不负使命，将铁路在八达岭崇山峻岭间铺通。孙中山先生亲临京绥铁路中段视察并指导施工。

因国内政治动荡，财政紧缩，铁路修修停停。1912年10月，在孙中山先生的督导和支持下，停工已久的张绥铁路段重新开工铺设。

1915年3月，京绥铁路从张家口铺到丰镇，因国内军阀开战，局势混乱，铁路再度停工。4年后，为了筹集修铁路的资金，詹天佑先生组织发行了京绥铁路公债券，并带头将自己所有的积蓄都拿出来买了债券。

1919年8月，北洋政府交通部、京绥铁路局局长陈世华向日本东亚兴业会社借款300万元，向美国芝加哥泰康洋行借款23.25万美元。工程费用筹足后，詹天佑先生将学铁路工程的儿子也调到工地，参与了张绥段铁路的设计。

1921年，京绥铁路购买了当时最先进的列车；同年5月1日，绥远都统马福祥出席了京绥铁路通车仪式。

绥远火车站候车室是砖木结构，建筑风格中西合璧，可容纳几十人。全站职工50余人，每日接发客车3对，货运主要是从当地装卸畜产品，从外运进木材、农产品、茶叶、布匹等物资。

绥远火车站建在新城与旧城之间，车站前后是一片空旷的荒地。1922年，比利时天主教会购买了车站前800米处姑子板村的土地，建了一座欧式建筑风格的教会医院。

京绥铁路通车之际，漠北蒙古宗教领袖哲布尊丹巴活佛宣布外蒙古独立，随即关闭了中蒙口岸，内蒙古与漠北蒙古的驼道贸易中断。

绥远与漠北蒙古、俄罗斯的商道断绝后，绥远从事北路蒙俄贸易的商号驼队大多歇业，部分驼队开始走大西路，做兰州、新疆等地的贸易。京绥铁路通车，极大地刺激了绥远现代工商业的发展。

1922年1月，土默特总管署联合蔚丰兴公司，在车站西街成立绥远电灯股份有限公司，安装了

宣化府东站

八达岭隧道

62千瓦火力发电机组，从此，绥远告别了用煤油灯照明的时代。新旧城大街小巷开始出现路灯，市民家庭也开始用电灯照明。

随着京绥铁路通车，有眼光的中外企业家抢先在绥远开办面粉厂、毛纺厂、铁工厂，汽车行、电灯行、电报局等民生企业迅速发展起来。北京、天津、太原的一些洋行票号也纷纷到绥远投资办实业、设分号。绥远老字号有大盛魁、集生祥等，驼运、皮毛业逐渐萧条。

中外实业家将先进的商业理念、经营模式带进绥远城。旧城北门内商业中心，门面装修成欧式风格的亨得利眼镜店、美利斯钟表行占据了大北街的黄金地段。巴洛克式的洋行、带罗马柱的绸缎店鳞次栉比，八字胡洋人的仁丹、老刀牌香烟、海派美人牌香皂广告贴满了大街小巷。

修路工人

自治区成立十周年，中央代表团乘京包列车到达呼和浩特火车站，受到广大群众的热烈欢迎

交通的便利促进了商业的繁荣，山西、河北的各路戏班轮番到绥远唱戏，绥远的土默特嘎兰达、山西籍的巨商大贾，捧红了不少晋剧名伶。

大西街最好的酒店是凤林阁，此外还有大南街的麦香村、天香饭店，小东街的大观园。大召前的民众戏院、东西五十家街美人桥畔的平康里宾客盈门，灯红酒绿，衣香鬓影，夜夜笙歌，热闹非凡。

最繁华的南北街熙攘的人群中，除了披着黄袈裟的喇嘛、穿着长袍马褂的商人，还出现了身披黑色斗篷、金发碧眼的传教士和洋行老板。当时归化城内最显赫的外籍商人，是汉瑞洋行瑞典籍的葛斯达兄弟，哥儿俩闲暇时不是上大青山打青羊、狍子，就是驾着德国奔驰轿车载着时髦女郎，飞奔在新旧城之间的土路上。

绥远城军政官员、富家子弟、王公贵族后裔们开始追求新式生活，太太小姐出门得叫黄包车，西装革履的公子哥儿，以骑着英吉利产的僧冒、三枪牌洋车为时尚。

绥远省教育厅厅长祁志厚系英国留学生（萨拉齐人），其大公子祁登文，和萨县二十四顷地、比利时鄂牧师的养子鄂友三等皆风流倜傥，他们吃腻了凤林阁、麦香村的南北大餐，又嫌去大西街最好的德兴源喝茶、吃稍麦土气，便常去九龙湾有着欧式风格的绥远饭店跳舞吃西餐。昔日的边塞小镇绥远城，因京绥铁路而跻身中国西北商业繁华的大城市之列。

社会主义建设时期，国家特别重视大西北的建设，将京包铁路一直修到了银川、兰州以及新疆、青海省。改革开放后，铁路人历经艰辛，在青藏雪域高原修通了入藏的铁路。

铁路是一个国家迈入现代化的基础和重要标志，关系着国计民生的方方面面，不仅能促进地区经济发展，提高人民生活水平，方便煤炭、石油等物资的运输，还对包头钢铁基地、军工企业的建成以及研发核武器发挥着重要作用。

绥远火车站自通车起，接待的第一位大人物是蒋介石及其夫人宋美龄。

1949年9月，绥蒙解放大军在高克林、姚喆、杨植霖率领下，从丰镇、平地泉乘火车进军绥远，以“九一九”绥远和平起义领导者董其武将军为首的绥远省全体军政人员以及各界代表人士，在绥远火车站热烈欢迎他们的到来。

同样是在绥远火车站，1953年7月，以彭泽民、萨空了、朋斯克为正副团长的中央代表团出席内蒙古自治区成立5周年庆典，受到内蒙古党政军领导及各族群众的热烈欢迎。

1950年，经中央批准，绥远省更名为呼和浩特市，火车站前街定名为锡林路，车站周边陆续建设了车站国营旅社、国营照相馆、土产公司、车站国营饭馆、红旗电影院等，锡林路上还盖起了一座带有大钟表的呼和浩特铁路局大楼。

在车站东西街，分别建了国营长途汽车站、公私合营面粉厂、马车合作社、呼

全国劳模宝日勒代乘坐京呼列车

京绥老车厢

和浩特市煤场；在车站南马路则组建了战备汽车团、公私合营呼和浩特市制酒厂、呼和浩特市第五中学、呼和浩特市汽车修配厂。

呼和浩特市是我国第一个少数民族自治区的首府，又是一座具有悠久历史的文化名城。中华人民共和国成立后，先后有党和国家领导人朱德委员长，董必武副主席，陆定一副总理，李维汉部长，贺龙、聂荣臻、陈毅元帅，罗瑞卿大将，班禅额尔德尼副委员长，李立三、李井泉副委员长，谭震林、杨成武副总长，费孝通副委员长，邹家华副总理，以及中外文化艺术界名人埃德加·斯诺、范长江、谢冰心、刘半农、老舍、翦伯赞、曹禺、叶圣陶、俞振飞、言慧珠、尚小云、常香玉、侯宝林、李万春、李少春、谭元寿等，乘火车到呼和浩特市。

火车站候车大楼是一座城市的标志性建筑、文化窗口，1921年建的老火车站，已与内蒙古首府城市的形象很不相称，1965年，在内蒙古自治区成立20周年之际，政府重建了呼和浩特火车站，新建的火车站能容纳旅客上百人。

内蒙古自治区成立50周年之际，呼和浩特市又重建了火车站候车室，扩大了站前广场，站前街阔楼高的商业一条街，日夜人流不息。内蒙古自治区成立70周年之际，呼和浩特又新建了火车东站，极大地提升了呼和浩特首府城市的形象和乘坐火车出行的服务水平。

呼和浩特第二代火车站

2017年，我在通辽开会时突发心脏病，被送往北京安贞医院做了手术，在朋友亲人和心血管专家的帮助治疗下，我从死神手里逃脱出来。乘坐89次绿皮火车回呼和浩特时，列车一过集宁我就兴奋得睡不着了，趴在车窗上往外看，晨曦中我又看到了千百年矗立在土默川平原的白塔、熟悉的老绥远城墙。列车在熟悉的草原晨曲中缓缓驶入车站，看见站台上来接我的老朋友沈超英、李文杰，车站的接待人员推着小车满脸微笑地向我挥手，我满含泪水。

2020年，呼和浩特市人民翘首期盼的高速铁路通车，让呼和浩特市告别了铁路交通落后的时代。昔日乘火车进京需要12个小时，现在乘舒适安全的高铁到北京只需两个半小时。

斗转星移，世事巨变，京绥铁路建成100年了。呼和浩特（绥远）火车站像一位饱经沧桑的世纪老人，向人们讲述着呼和浩特发生的朝代更迭、政权交替、壮士赴死、英雄凯旋、骨肉分离、游子归来的动人故事。随着历史的列车进进出出，呼和浩特火车站好似一个人生的舞台，每天都在演绎着迎来送往、聚散离合的悲喜剧。

康翠玲创办呼市艺校晋剧班，为内蒙古培养了一代又一代的晋剧人才

康翠玲与陈艳秋演洞房剧照

大观园与康翠玲

扫码听书

大观园与康翠玲

晋剧名伶康翠玲剧照

康翠玲与母亲金玉玺

旧城夜幕降临，大街小巷一天熙来攘往的人们逐渐散去，各大商家店铺的伙计们开始上门板，摘幌子，盘点货银。大召前的民众戏院内，晋剧名伶任翠凤的戏开了锣。

旧城新城的老戏迷更喜欢到三贤庙和小东街丁字路口、坐东朝西的百年老戏园大观园听晋冀绥三省名伶康翠玲的戏。康翠玲是河北人，自幼和母亲金玉玺学晋剧，在山西、绥远、河北张家口一带唱红，在晋剧舞台表演60年而不衰。“文化大革命”后，康翠玲年过半百，身患绝症，还坚持在呼和浩特市的大观园、乌兰恰特以及附近的清水河、和林格尔、托克托县为广大观众演出，直到生命最后一刻。旧城大观园是康翠玲晋剧生涯的重要舞台。

大观园最早是土默特领主阿勒坦汗后裔喇嘛扎布的国公府。喇嘛扎布是个爱红火热闹的人，平生游手好闲，喜爱泡茶馆、吃稍麦、捧名角。随着社会地位的没落，他在国公府沿小东街盖了一个大戏院子，名曰“嘉乐会馆”。新城的绥远都统和旧城的商号掌柜，都来给他捧场。嘉乐会馆曾经是办宴席、演堂会的好去处，后来因这位国公爷的影响力江河日下，嘉乐会馆也逐渐“门前冷落鞍马稀”了，于是他将会馆转手给大商号经营，改名为“宴美园”。

康翠玲《春香传》剧照

康翠玲、王静卿、亢金锐剧照

宴美园在掌柜王禄经营时，正值归化城西路、北路商道开通的黄金时期，一到立冬时节，北门外后沙滩一带驼队载着俄蒙的皮毛、药材等商品纷至沓来。天津、北京的洋行商号纷纷来到归化城收购皮毛、药材，成群地购买牛马羊。大发其财的口内外商号老板们，入夜都到宴美园吃酒听戏。那时，宴美园一天能卖出100多桌酒席。晋冀绥的晋剧名伶，轮番在宴美园登台献艺。

三省六市当红晋剧名角十二红、八百里都是在宴美园唱红的。1926年，随着北路商道断通，宴美园生意逐渐萧条，后改为大观茶园。大观茶园只演戏、卖茶水点心。

20世纪40年代的康翠玲才十几岁，在归化城她与母亲金玉玺一起登台，随后以俊美的扮相和独具特色的唱腔在大观园走红。中华人民共和国成立后，康翠玲已是誉满天下的晋剧名伶了。呼和浩特市人民政府成立呼和浩特市晋剧团，康翠玲任团长，并被选举为戏剧界的内蒙古人民代表。她还曾担任内蒙古剧协副主席、呼和浩特市文联副主席。

康翠玲演戏认真，在台上一丝不苟，她在《打金枝》《白蛇传》《十五贯》《怨娘娇》等传统晋剧中扮演不同角色，都达到炉火纯青的艺术境界，曾多次为中央领导人演出。康翠玲受到马

呼市老戏班子

连良先生的好评。她乘兴带团直奔晋剧名家荟萃的山西太原、运城演出，场场爆满，一个塞外蒙地的晋剧青年演员能轰动三晋大地，在历史上当属首次。之后，康翠玲又受到陕西省邀请，马不停蹄地赴三秦各地演出，让听惯了粗犷秦腔的老陕们，领略了晋剧优美细腻的唱腔和康翠玲独具特色的艺术魅力。正值康翠玲声名远扬，事业进入巅峰时期，“文化大革命”爆发，她受到迫害长达十几年，没有上台演出。“文化大革命”结束后，呼和浩特市的广大戏迷通过电台等新闻媒体打听她的近况，希望能再看到她在舞台上的风采。

20世纪70年代，年过半百的康翠玲在戏迷的强烈要求下又一次登台，为呼和浩特广大戏迷献

作为深受晋绥人民喜爱的表演艺术家，康翠玲一生获得无数荣誉

康翠玲指导学生练功

康翠玲与徒弟蔡秀清、梁美云

康翠玲

艺，她每天东奔西忙，夜以继日，积劳成疾，得了绝症。手术后，为了培养晋剧新人，她拖着病体，每天在艺校手把手教晋剧班的学生。康翠玲舞台生涯的结束，是呼和浩特晋剧表演最好历史时期的结束。

“文化大革命”开始时的年代，我在大观园的长条凳子上看过一场呼和浩特市晋剧团改编的革命样板戏《沙家浜》。那时候，大观园已破败不堪。20世纪80年代，大观园被拆除。大观园存在的200年间，归化城的夜晚灯火阑珊，丝竹盈耳，充满魅力。康翠玲用她那独特的、缠绵悱恻的晋剧唱腔，为多少老呼和浩特人留下美好的回忆。

如今还健在的晋剧名家杨明增先生，谈起他的晋剧人生时，无限地赞叹康翠玲先生高超的晋剧艺术及高尚的道德人格对他的影响。如今物是人非，当年旧城大观园康翠玲那百看不厌的《打金枝》、王芬年的评书、庆春源的稍麦、人市的旧货市场、大南街的酒肆商号、九龙湾那些遛鸟玩蛐蛐的悠闲时光，仅存在于人们的记忆之中了。

雨中行

自行车大军

自行车

扫码听书

骑车接送孩子

作者和他的自行车

自行车是20世纪80年代呼和浩特市大多数人家的主要交通工具。自行车是那个年代衡量一个家庭生活水平高低的重要标志。那时候娶媳妇，男方要准备“三大件”：自行车、手表、缝纫机。后来水平又提高到“一转（自行车），一看（手表），一蹬（缝纫机），一听（半导体）”。那时候男同志们奋斗的目标是“骑飞鸽车，戴上海表”。

呼和浩特市最早出现的自行车，是在清末民初由比利时传教士带来的。这些金发碧眼的传教士带来了能发出8种音乐的八音盒、精美绝伦的闹钟，还有自行车。这些物件引起了官商子弟的极大兴趣。这些传教士用清政府的庚子赔款，在归绥地区从土默特旗府衙门、绥远都统那里买地建教堂、神学院等。他们把从欧洲带来的八音盒、钟表、自行车赠予绥远土默特旗官员。自行车特别受到绥远王公子弟、富商公子哥儿的青睐。从那时起，绥远城的衙门官员、富家子弟以能拥有一辆英国产的“三枪牌”“凤头牌”“白金人”车子为时尚。那时候比利时传教士给绥远都统马福祥的公子马鸿魁赠送过一辆英国“白金人”牌自行车。住在新城衙门的官宦子弟、八旗贵族，身穿礼服呢官装，揣瑞士怀表，扎住裤腿角，待新城西门

在农村骑自行车回娘家是件很风光的事

（阜安门）一开，骑上洋车，去旧城吃稍麦，到大观园听戏，晚上逛平康里，在吉行里打牌行乐。日伪时期，日本人带到绥远一批“富士牌”军用东洋车，这种车很像当代年轻人骑的山地车，平把小短梁，很结实，适宜在土路和山地骑行。当时，绥远的日本人将东洋车配发给日本宪兵队用于巡逻，汉奸治安队的特务也骑着它维持绥远的治安。日本投降后，傅作义的部队和国民党接收大员按照敌产没收了一部分车子，分发给绥远政府部门，一部分流于民间。我小时候的朋友牛子家就有一辆日本洋车，用了近30年，车子大梁上的喷漆都磨光了，车闸前后连挡泥板都没有，只有两个轱辘一个车架，仍然十分好骑。

自行车是1790年由法国人西夫拉克发明的。有一天他走在巴黎的街上，路上积了许多雨水，一辆马车经过时溅了他一身水。于是，他用木头制了一辆有两个轮子的车子，这种车子没有驱动装置，靠两脚蹬着地面向前行。1874年，英国人劳森为脚蹬自行车安上了链条和链轮。之后又有一位英国机械工程师为自行车安上了前叉和车闸，前后轮大小相同，以保持平衡，并用钢管制成菱形车架，用橡胶做车轮，还改制了许多部件，在前人发明的脚蹬车基础上发明了现在自行车的原型，他就是被后人称为“自行车之父”的英国人斯塔利。1888 年，英国兽医邓洛普从医治牛胃气膨胀中得到启示，把家中的橡胶管子粘成圆形，打足了气，装在自行车上，并骑着这辆自行车参加了英国自行车比赛。由于增加了弹性，减轻了震动，极大地提高了自行车车速，邓洛普因此得了第一名。

虽说我父亲属“行有车，食有鱼”阶层，但他去世时我们都小，因此我家没有自行车。我家左邻右舍都有自行车，我小时候很羡慕有自行车的人家。我从新城第四幼儿园回家都是趴在我母亲的背上，别的小朋友都是让爸爸骑自行车接走。20世纪50年代，在呼和浩特常见的车子是飞鸽、永久，还有一些进口车子。英国的三枪、菲利普这类自行车，多为日伪、国民党旧军官、老商号家的子弟骑的车。当时干部家庭流行了一阵子从苏联进口的“牛头把”，倒蹬闸车。骑惯了英系自行车，再骑苏联车子很不习惯。飞鸽、永久都属英系自行车。我有一个表哥，常骑上自行车到我家玩。有一次他忘了锁车子，我将他的车子推出去，从大梁下将腿伸进去学骑车，狠摔了几次，将车把弄弯了，回去让表哥臭骂了一顿也没往心里去，还盼着不讲情面的表哥能骑上自行车再来我家。第二天早晨起来听我母亲说昨天睡觉我蹬了一晚上“车子”，她给我盖了好几次被子。我一回忆，原来是自己前一天晚上做了一夜骑自行车的梦。那时的人，都备加珍爱新买的自行车，买上新车后首先用电影废胶片将大

农村流行加重自行车

骑自行车下班的工厂工人

梁包裹起来，每天用棉纱布擦好几次，将自行车放在院中，从家里端上饭碗，蹲在门前，目不转睛地欣赏院中的自行车。我有个朋友叫“大头生生”，父母系山西忻州裁缝，在新城鼓楼东南开裁缝铺，家中只有他一个儿子。“大头生生”小时候骑一辆老牌洋车，16岁时，他的父母又给他买了一辆28型天津飞鸽加重自行车，用天蓝色的塑料条包裹起大梁，将车子吊在小凉房，等生生娶媳妇时再让他骑。有一次，我借亲戚呼铁公安局局长特木的自行车，去了一趟鼓楼西北角柱子家，3分钟后出来，自行车就被人偷了。我马上去派出所报了案，急得一整天饭也不想吃，就像天塌下来一样。那辆车150多元钱，我一个月挣47.75元，为了还车，只好将我父亲一件灰鼠皮大衣拿到当铺去卖。当铺说卖150元得放下代售。这时特木托新城分局将自行车找到了。内蒙古轻工厅厅长乌兰的四儿子岗地斯，丢了一辆朋友的自行车，吓得一晚上不敢回家。乌兰得知后，拿出半个月工资买了辆自行车，还给了人家。我单位编辑部主任吉尔格楞，大费周折搞了一张锰钢凤凰大链盒28型自行车的票，买了车子后，骑了一周就丢了。吉尔格楞是一个很大度的人，却也失魂落魄地在大街小巷走了一晚上去寻找他的凤凰车，这件事搞得他好几天干什么也没有心情。那时，普通职工的工资每月60元，省吃俭用几年攒个100多元，还得托关系找门路，排队领号才能买辆名厂自行车，所以丢辆自行车就像破产了似的。那时我有一个女性朋友叫云玲凤，父亲系内蒙古商业厅厅长，每天社会各界都找她父亲批自行车、电视机、缝纫机。云玲凤是内蒙古军区文工团舞蹈演员，骑的自行车总能引领呼和浩特潮流。有一次，我约云玲凤去跳舞，她又换了辆新潮的锰钢26型天蓝色自行车，穿了一身改过瘦裤脚、紧了腰身的军装，窈窕的身姿骑着新款自行车，成为街上一道亮丽的风景，一路上引来无数羡慕的目光。穷人便到旧城通顺街“人市”旧货市场买二手自行车，在这里也能淘到英国“凤头”“三枪”等老车子，价格十分便宜。

我骑的第一辆自行车是朋友白援朝送的。白援朝工作早，家里条件也不错，他工作后买了辆新永久自行车，将他家一辆日本投降那年买的旧车子送给了我。从此，我腿一下子就长了，社会交往活动半径变大了。我骑上车子，到农村为鸽子换高粱，跟上旧城大北街四眼井巷的木匠师傅张孝忠到榆林、太平庄公社为农民家做木工活。过去没有车子时，秋白菜、土豆、煤都靠我母亲身背肩扛，母亲还要步行好几公里路去公安厅领生活费，冬天往往要在寒风冰雪天跑好几趟才能领上。有了自行车，极大

骑自行车照相

地方便了我们家的生活。1972年，内蒙古党委落实政策，退还了我家部分财物，并将我父亲十几只鼻烟壶、一些宗教金银器皿当作迷信“四旧”物品，上缴国家银行和珠宝行，银行象征性地补偿了我们家500元钱。我用这500元买了一辆天津28型飞鸽大链盒车子和一台海鸥牌双镜头照相机。统战部将我暂时安排在内蒙古动力机厂烧锅炉，节假日我便骑上车子到郊区搞摄影创作。

1974年，我的摄影作品在全区影展上引起了专家的关注。1975年元月，我如愿以偿地进入内蒙古立体摄影厂任摄影助理，1980年调入内蒙古画报社当记者。社长布和巴雅尔没有轿车坐，便让办公室买了辆飞鸽加重自行车当作专车，并将这辆车子交给我，让我兼任内蒙古画报社的“司机”。布社长每次到局里开会、晚上看戏、出席宴请，均让我用自行车接送他。我在内蒙古画报社担任了一年的兼职“ 司机 ”。我骑了近30年自行车，已经先后骑过十几辆车子了，足迹遍布呼和浩特市新、旧城的大街小巷，自行车始终伴随着身背摄影机的我东奔西跑，风里来雨里去，现在虽然已经有汽车了，但我仍然对自行车情有独钟。前几年，影友杜鹏飞买了一辆用最新型材料镁合金制造的自行车，造型美观，骑上去很轻盈，重量不足10公斤，价格十分昂贵。小杜将他的捷安特赛车送给我，我常忙里偷闲地骑上转一圈，五档变速轴轻轻一蹬便来去如飞，感觉特别好，放上一段时间不骑也得擦一擦，打打气，推出来推进去和它亲近一下。

目前，中国是世界最大的自行车生产和消费国。近年来，私家车的增多给城市交通、社区环境、空气质量带来很大的危害，越来越多的人加入骑自行车的行列。近些年城市的自行车五花八门、样式美观，有的新车设计简约大方、款式新颖，年轻人骑上行驶在城市的街道上，像艺术品一样。骑自行车又成为现代青年的时尚。随着人们环保意识的增强，骑自行车已逐渐成为一种健康、低碳、环保、绿色的出行方式。

拥有一辆大链盒自行车是一件令人骄傲的事情

天安门前的自行车队

清水河古窑址

馒头窑

清水河之畔发现古瓷窑群

扫码听书

打包大瓷碗

烧瓷罐

烧瓷缸

人类在几千年漫长的生产生活中发明了陶瓷。中国对世界闻名的伟大贡献之一，便是最早创造了灿烂的陶瓷文化。

在北方，由于气候寒冷，为了储存冬季的蔬菜，几乎每一户家庭都要腌制酸菜或咸菜，于是腌菜的粗瓷大缸成为每家每户的必备之物。20世纪五六十年代的呼和浩特，家家都备有几个盛水、腌菜的大小瓷缸。每到立秋后，家家都开始忙着腌酸菜，准备过冬。内蒙古西部地区的城乡居民使用的这些造型粗犷、质朴实用的粗瓷大缸，均产于呼和浩特市城南的清水河县窑沟乡。

清水河县南部有个黄河古渡口柳青河村，沿着黄河古道往西走，在一个叫黑矾沟的深沟里，错落有致地分布着大大小小的石砌古瓷窑。黑矾沟一带土地贫瘠，人家稀少，然而，这里地下蕴藏着烧制陶瓷所需的高岭土和丰富的煤炭资源。

清水河之畔发现古瓷窑群

近些年经考古工作者考察，黑矾沟内大小十几个馒头形状的古瓷窑，最早能追溯到秦汉时期，明清时这里制瓷生产达到鼎盛期。黑矾沟生产的陶瓷碗盘、瓷罐瓷坛、水缸在黄河上柳青河码头装船，航路远销至山西河曲、碛口；从托克托县、包头、磴口、银川等码头上陆路，销往内蒙古、漠北蒙古及我国西部各省。

黑矾沟地处偏僻，交通不便，加上由于生产原料枯竭，黄河航运逐渐萧条，导致黑矾沟陶瓷业燃烧了千年的窑火熄灭了。这里还保留了大小十几座石头砌的馒头窑，加工高岭土的

窑火熊熊

为瓷碗上釉

石碾子、制作陶瓷的作坊保存完整。窑工们住的窑洞房被周边的农民用来存放农机具，窑洞里的门窗、土炕、灶台依然完好无损，就像干活的窑工们刚刚离去。前几年，清水河县文物工作者在陶瓷库房里还发现了大量制瓷的工具及用草绳捆好待发货的瓷碗、瓷盘等成品瓷器。黑矾沟古瓷窑因历史悠久、保存完整，现已成为研究我国西北地区黄河流域陶瓷工业发展、黄河航运历史的珍贵的实物基地。随着黑矾沟古瓷窑的衰落，清水河陶瓷工业转移到水陆交通便利，高岭土、煤炭储量丰富的窑沟乡。

窑沟乡位于清水河县城南，黄河北岸的呼准公路西边的一条深沟内。我曾在20世纪80年代初到这里采访，顺着一条山村小土路往沟下走，这里的窑顶上的烟囱和院子的围墙，都是用粗瓷砌成的。沟底路边上到处是销售水缸、泡菜罐、瓷碗盘的露天商铺，到处堆满了水缸、花盆、瓷罐，这里真是一个陶瓷世界。我走进馒头窑，看到窑工们还是沿用煤炭制烧的方法手工制作瓷

运瓷土

封窑

釉瓷大缸

拉坯

器。窑沟乡除了制作传统水缸、瓷罐、碗盘，还新开发了工艺美术瓷以及装饰建筑用的瓷砖、洁具等。但这里生产的陶瓷以民用瓷为主，制瓷水平较低。近些年，一些企业不断聘请国内的陶瓷艺术大师或工艺美术学院的老师，来窑沟乡研制高档瓷器和工艺美术瓷器。

如今，黄河之畔黄土高原上具有千年历史的古瓷窑，与时俱进，不断开发新的陶瓷产品，在继承传统工艺的基础上焕发出新的生机。

呼和浩特赛马场

马术表演

呼和浩特市赛马场史话

扫码听书

庆祝内蒙古自治区成立 60 周年

1931年8月18日，傅作义将军走马上任绥远省政府主席。绥远系我国西北地区蒙古马交易中心，蒙古族自古善于养马，精于骑射。傅作义将军主绥时期，励精图治，强军兴教，重视发展民族地区体育事业。为了发展蒙古马产业，培养优良蒙古马，推动马上体育运动发展，1932年傅作义在新城阜安门外的姑子板村西南修建了一座赛马场。同年9月22日，在傅作义将军的提议下，赛马场举办了绥远省第一届运动会，有田径、篮球、长途赛马、走马竞技等项目，全省共计2000余名运动员参加了比赛。为保护蒙古族传统马上运动，主办方只允许纯种蒙古马参加各项赛事。傅作义将军出席开幕式并讲话，鼓励运动员要强健体魄，振兴民族，并在赛后为赛马优胜者颁发奖状。

日伪时期，赛马场成为日本骑兵、伪蒙古军的练兵场。20世纪50年代初，蒙绥合并，在赛马场召开绥远省运动会，举行了赛马、射箭、田径及篮球比赛。自治区领导出席开幕式并为优胜运动员颁奖。1956年，内蒙古自治区政府为了发展少数民族传统体育运动，在呼和浩特市成立了内蒙古马术队。1952年7月10日，内蒙古自治区成立5周年，中央代表团彭泽民、萨空了、朋斯克一行43

人代表党中央、毛主席出席内蒙古自治区成立5周年庆祝活动。团长彭泽民一行在自治区相关领导的陪同下，在新城迎旭门外观看了马术、射箭、赛马、摔跤及田径比赛。

1959年，内蒙古向国家体委申请，承办了中华人民共和国第一届全运会的赛马、马球项目。内蒙古体委在呼和浩特市北郊麻花板村西建起一座规模宏大的赛马场，占地32万平方米，主席台由5个巨型穹庐圆顶组成，主席台两边的观看台能容纳5000名观众。

呼和浩特市赛马场建成后，内蒙古体委为促进马术运动的发展，从牧区选招了一批蒙古族小骑手进行专业训练，精心培养了一批优秀的马术运动员。1962年，内蒙古自治区成立15周年，呼和浩特市赛马场彩旗飘扬，人头攒动，优秀骑手、宝马良驹云集。当马术表演、长距赛马结束，走马比赛即将开始，一位头戴前进帽，身着蒙古袍的老骑手，乘着雪白的走马来到赛场。发令枪一响，老骑手胯下骏马箭一般飞奔出去。他身体微微后倾，双腿紧夹马肚，稳稳骑在马背上一路领先，骑姿轻松潇洒。此时，人们才认出来这位骑手是乌兰夫主席，看台上的观众全都沸腾起来了。

20世纪60年代的内蒙古马术队队员大多是在牧区马背上长大的孩子，骑马如履平地，这些小骑手经过几年专业训练，骑术很快就跃居世界先进水平。1960年9月25日，全国马术、马球锦标赛在呼和浩特市举行，内蒙古乌术队的男女队包揽了冠军。那些年，凡有国际友人、国家领导人到呼和浩特市视察访问，必到赛马场观看马术表演。内蒙古马术队的乌兰、朋子兴都是我的发小。每逢周末假日，或有外地朋友来呼和浩特，我就带他们去赛马场骑马照相。

1958年10月27日，贺龙、聂荣臻、罗瑞卿等大将一行到呼和浩特考察。自治区领导为他们安排专场马术表演，他们观看后十分高兴，盛赞骑手们高超的马上技艺，并欣然与参加表演的骑手们合影留念。1960年8月27日，中共中央政治局候补委员、国务院副总理陆定一及公安部部长谢富治到呼和浩特市视察，工作之余由自治区领导陪同到赛马场观看了马术表演。

1961年，由于全国粮食短缺，许多领导干部和文化名人也出现了营养不良的状况。乌兰夫主席听分管文化的副总理陆定一说，我国著名作家老舍、叶圣陶、曹禺、翦伯赞等，由于营养不良，身体都出现了不同程度的浮肿。于是自治区领导邀请这些人组成中央文化访问团，到呼伦贝尔草原考察休假，进行文学创作，并亲自指示东部各盟市旗县领导，一定要搞好中央文化访问团艺术家的食宿接待工作。艺术家们在内蒙古东部饱览了广袤的草原、雄奇的大兴安岭风光以及独具特色的游牧文化。他们一路吟诗作赋，在东部各地留下不少墨迹。在呼和浩特，自治区领导安排中央文化访问团参观优秀农村企业，访胜探古，并在赛马场观看了马术表演。中央文化访问团的艺术家们，为内蒙古留下了大量的诗赋、游记等精神文化财富。

1997年，为了迎接内蒙古自治区成立50周年大庆，自治区政府按国际标准重新规划改建了赛马场。赛马场主席台被移到东侧，主席台和观礼台的面积进一步扩大。1997年7月21日，庆祝内蒙古自治区成立50周年那达慕大会在内蒙古赛马场盛大举行。中央代表团团长邹家华，副团长布赫、罗干、万国权、王克等以及自治区领导刘明祖、乌力吉，香港慈善教育家邵逸夫，中外嘉宾及各族人民群众出席了精彩的开幕式。之后大会进行了搏克、速度赛马、走马赛、赛驼等8个项目的比赛，同时还举办了第六届内蒙古国际马术邀请赛，来自日本、韩国、伊朗、中国内蒙古、中国台北等国家和地区的28名运动员参加了比赛。

呼和浩特赛马场不仅是呼和浩特最具少数民族特色的马上运动场所，那高大雄伟的飞檐、蒙古包似的建筑，已成为呼和浩特市标志性建筑之一。

为赛马优胜者颁奖

全国马术表演比赛优胜者

内蒙古马术队男女队包揽冠军

大运庄园天鹅湖

乌素图山泉

呼和浩特的雪

扫码听书

在我小时候，呼和浩特市的冬天比现在寒冷多了。立冬后的呼和浩特隔三岔五地就下一场大雪，而且大多都在晚间下，早上起来一推门就给你一个惊喜，外面一夜间就变成了银白色的世界。那个年代的雪特别白，在阳光的照耀下刺得人睁不开眼睛。雪停天晴，家家户户的大人都出来扫门前的雪，孩子们则欢呼雀跃地打雪仗、滚雪球、堆雪人、玩滑冰车，在冰上“抽毛猴”。有人还在院中扫出一片干净的空地，用细棍支上盆子，再撒上小米扣麻雀。

呼和浩特市下第一场雪时气温不太低，雪片大，雪花的形状也各不相同。初雪十分松软，这种雪很黏人，贴在人脸上，挂在身上，在树上形成雾凇、树挂。著名画家、诗人吉尔格楞先生有一首写雪的诗云：“在寒冬中纷飞的雪花，飘落在你的唇上，冰凉冰凉的……”呼和浩特市三九天的雪就很严酷了，零下30多摄氏度下，雪花在空中凝固成六棱角的冰粒，借助白毛风打在脸上，十分痛。这种雪也不会形成美丽的雾凇景象。我们儿时将一小团春雪球放在地上滚，一会儿就能滚成直径一米多的大雪球。

听老年人讲，旧时的呼和浩特特别寒冷，民间有“冷归绥、热包头”之说。我们小时候再穷也得在立冬那天吃一顿饺子，老人讲立冬不吃饺子，会冻掉耳朵。那时候孩子得穿棉衣棉裤，我还穿过毡毛靴子、大皮袄过冬。因此，民间流传呼和浩特有三宝：山药、莜面、大皮袄。人们在冬天能有这三样东西就很幸福了。我在动力机厂烧锅炉时，工厂给我发了一件老羊皮白茬子皮袄，夜间在外面给锅炉上煤时穿上它，再大的寒风也打不透。呼和浩特从立冬下第一场雪开始，马路上的雪一冬天都不会化，路上的雪被汽车压得像冰一样，人们很容易摔跤，所以各大医院骨科几乎人满为患。大雪后我们还玩一种叫搭顺风车的危险游戏：一帮孩子站在公交站，等公交车来了都蹲在公交车后，扒住公共汽车的后挡板，在如冰的马路上随车滑行至旧城北门。

呼和浩特的雪

扫春雪

伴侣

近些年呼和浩特的冬天越来越暖和了，雪下得也少了，即使下雪也存不住了。城市里不下雪导致流行性感冒的人增多，农村不下雪开春土地干燥缺水影响春播。雪能为城市压住病菌清洁空气，能为农民的土地保湿，还能为农牧民解决人畜饮用水问题。雪能美化山河大地。白雪覆盖大漠草原，北国的冬天是壮美的。每逢闲暇遇上下雪，我都要冒着风雪，怀着思古之幽情，登上黄土高原，遥望蜿蜒起伏的万里长城，纵观晋蒙峡谷千里冰封的黄河。

正月里小山村的节日味道最浓。走进黄灰色的小山村，家家户户贴春联、挂红灯、炸油糕，十分喜庆。冰雪覆盖的黄土大地上，一片喜气洋洋，到处春意盎然。农村每逢遇上正月十五雪打灯，就预示着瑞雪兆丰年，又是一个好年头。在

呼和浩特的雪

风雪归人

锣鼓喧闹声中，黄土地上的农民扭着秧歌，走村串乡与漫天的飞雪共舞。

在呼和浩特赏雪，乌素图的风光独好。坐落在白道梁下的阴山古刹，红墙黛瓦的乌素图召被白雪覆盖，远看给人一种高古荒寒的壮美之感。

扎达盖河畔的大运庄园，哥特式的尖顶别墅在朦胧的霜雪中，在纷飞的雪花里时隐时现。走进铁艺大门，穿过林间小道，山间甘泉在积雪中弯弯曲曲汇入河流。

天鹅湖畔粉红色的桃花，在落满雪花的枝头显得更加娇艳无比。北归的天鹅担着一肩风雪，落在湖水清澈、风光旖旎的天鹅湖中。它们身披一袭白袍，抬着高傲的头，缓缓游弋在湖面，像高贵的王子。天鹅择水草丰美之地安家，天鹅落到何处都会给那个地方带来吉祥与幸福！

桃花盛开的季节

游园

话说旗袍

扫码听书

师生聚会

近些年，素有中华女性国服之称的旗袍悄然出现在呼和浩特街头。那些女子身着各种颜色、图案的旗袍，被得体的旗袍包裹着窈窕的身姿。她们挺胸翘臀，扭动腰肢，迈着轻盈的小碎步，从身边飘然而过，让路人不由得回头张望。胜过春色的旗袍女子，为灰蒙蒙的街市平添了一道亮丽的风景。

不知什么时候，内蒙古喜爱旗袍的女性越来越多，她们自发地组织起各类形式的旗袍协会、旗袍会所。喜欢旗袍的女性朋友们聚在一起，举办旗袍表演、邓丽君沙龙演唱会。各类民间旗袍组织不遗余力地推广着旗袍文化，她们大胆地穿着艳丽的旗袍在广场、舞台表演旗袍秀，有力地推动了旗袍事业的快速发展。旗袍以其简洁大方的剪裁、含蓄内敛的韵味、与中华传统审美标准的贴合而深受中国女性的欢迎。随着人们物质生活水平的不断提高，女性朋友对美的追求也越来越强烈，审美修养也不断提升。她们为了健康、美丽走进健身房，走进美容院，开始追求高雅有品质的生活。

徐国贤女士，乌兰察布市四子王旗人，是呼和浩特市从事旗袍文化产业的代表人物。她自少女时代就着迷于中国传统文化。她喜欢收藏古董家具，酷爱裁剪唐装旗袍。为了提高文化艺术修养，她学习书法、研究绘画，广交文人雅士。为了从事旗袍文化产业，有更大的发展平台，国贤从乌兰花镇独闯内蒙古首府呼和浩特市。初来乍到，举目无亲，她创办了国贤旗袍会所，经过艰苦创业，以质优价廉的产品和热情的服务态度吸引了大批顾客。会所以弘扬中国传统旗袍文化为宗旨，以提高都市女性文化艺术修养为目标，装修布置古色古香，室内精心设有古典梳妆台、宫灯古董架以及精美的茶具、名人字画。为营造古典氛围，会所为来宾播放柔声细语的老上海流行歌曲。客人光临后，首先在茶台落座。女主人身着旗袍，在竹林雕花屏风下静静端坐，用纤纤玉指娴熟地表演着茶艺。古琴大师张华先生，着一袭汉朝青衣，低眉信手弹奏一曲高山流水。伴随袅袅飘香的清茶，宾主品茗叙旧。国贤女士的会所主营的是旗袍。她出售的旗袍样式简约大气，面料均为江南丝绸，品质上乘，花色品种多样，很受呼和浩特职场女性的喜爱。为了推广中华传统旗袍文化，她亲手为会员化妆梳头，指导形体训练，并聘请书画名家每周教授绘画、书法课程。

为了提高旗袍会所的知名度，扩大旗袍的社会影响力，国贤常邀请一些社会贤达、文化名人、商界巨子举办酒会及邓丽君粉丝演唱会；带领旗袍会所会员赴山西平遥古城考察表演；组织旗袍爱好者拍摄怀旧实景旗袍照片。走进国贤旗袍会所，便能感到一股浓郁的中华传统文化气息扑面而来。她们在高雅的艺术氛围里，学习书画，训练形体，互相交流，相互学习，形体气质得到提升，受益匪浅。

今年五一节前，我国著名美术教育家、深圳大学教授陈德祥先生和夫人张中美大姐打电话给我，请我为他们生活在美国的女儿柯克和出生在美国的外孙女杰妮拍摄旗袍照。在美

王府乐队

话说旗袍

逛集市

国长大的杰妮对中国传统文化十分感兴趣，喜爱中国旗袍，表示要到国贤旗袍会所体验旗袍文化。国贤亲自为杰妮梳中国式发型，并为她挑了一身淡雅合身的旗袍。这个在美国出生，有着中国血统的姑娘，用中式兰花指，拿着古典团扇，无师自通地做出端庄典雅的姿态。随着中国国际地位的提高，中华文明远播海外，越来越多旅居海外的华人开始喜爱中国传统文化。前几年，我跟随香港凤凰台的王纪言、图图带领呼伦贝尔儿童五彩合唱团赴美国联合国总部演出。观看演出的美国人都穿清一色黑色晚礼服，而华人观众中著名影星陈冲及旅美华人女性们大多穿着典雅高贵的旗袍出席。

旗袍起源于清朝旗人女性，民国时期受到上流社会女性的喜爱。旗袍在上海滩受到西方紧身长裙的影响，渐渐演变成西方连衣礼裙的款式，被红极一时的电影明星胡蝶所喜爱，她的专职裁缝为她量身定制了一身旗袍。胡蝶在上海大华饭店身着一件紫色旗袍亮相，惊艳四座，在上海滩名流的欢呼声中，她与民国四大公子之一、东北少帅张学良翩翩起舞，此事被上海小报大肆渲染，传为美谈。上海明星影业公司的大牌明星白杨、上官云珠，在锦江饭店身着淡色印花旗袍，出席电影《一江春水向东流》首映式，让上海追求时尚的女性竞相模仿。杜月笙的爱妾、京剧名伶孟小冬，特制了一件法兰西纶绛红色旗袍，出席蒋介石与宋美龄的婚礼。著名作家张爱玲一生喜爱的旗袍没下过身。为了突显婀娜苗条的身材，她将旗袍下摆越收越小，以至于坐电车时总得请求身边的男士将她扶一把才能上去。旗袍在20世纪二三十年代进入黄金期，当时不论政界领袖的夫人，还是上海名流、百姓布衣，要是没有一两件旗袍没法在场面上出现。中华人民共和国副主席宋庆龄，一生喜爱旗袍，她身着旗袍、雍容典雅的形象已成为中国女性的象征，深入国人心中。

2008年北京奥运会开闭幕式上，各大宾馆、礼仪部门的工作人员均身着特具东方韵味的旗袍，气质端庄优雅，让全世界的体育工作者、运动员赞叹不已。2014年11月，在北京举行的亚太经合组织会议上，中国政府选择旗袍作为中国领导人夫人及与会各国元首夫人的首选着装。

旗袍，作为中华民族代表性的传统服饰文化符号，历经百年沧桑，已无可替代地深入中国人的心中。近些年旗袍以其独具中华文化特色的魅力，走进了各大国际服装模特大赛，受到国际服装界的好评。

新城小吃冰糖葫芦

新城南街鼓楼

新城的商业与深宅大院

扫码听书

新城的商业与深宅大院

新城三清观

新城的街道东横西纵，四四方方像个棋盘，有26条大街、26条小巷。新城虽然是个大兵城，但由于官府衙门都在新城，城内“五陈六行”俱全，有酒坊、杠房、饭馆、酱菜园、肉铺、铁匠铺、画匠铺、木匠铺、裁缝铺。酒肆商铺主要集中在鼓楼下的南北大街。鼓楼南街有“永盛全”酱菜园，用的是北京“六必居”的酱菜方，这里腌制的八宝菜、酱圪蛋非常出名。

鼓楼下面净是挑担推车的小贩。清朝禁止蒙古马贸易，在新城东街马政局建有马神庙，须由新城马政局批准方可贩马。新城最有名的是牛肉铺巷马肉坊的大巴子家的酱马肉，将新城八旗军队淘汰的军马宰杀后，用百年老汤慢火煮上一夜，即使十几斤的马后腿肉都能煮熟入味。大巴子用特制的大片刀将熟马肉切成薄片卖，味道胜似旧城万胜永家的酱牛肉，十分好吃。热量较大的马肉是本地人的冬令补品。新城还有一种传统名吃叫甜窝窝，用小米面经发酵后蒸熟，入口甜酥可口，由一位叫任俊的满族人经营，每天早晨任老爷子便用带有京腔的嘹亮嗓门吆喝：“甜窝窝，又软又甜的甜窝窝，5分钱买两个……”甜窝窝是新城人十分喜爱的一种食品，也是我小时候每天早晨美味的早餐。可惜新城的传统美食酱马肉、甜窝窝如今已失传，据新城老住户

绥远驼运队

省府礼堂

说，任老爷子的儿媳妇会做甜窝窝，曾被请到北京专门给曾经在绥远打仗时吃过甜窝窝的中央首长做甜窝窝。

日伪时期，新城开了一家义东轩饭馆，掌柜子叫张宝亨，呼和浩特著名的特级大厨吴明就曾是这家饭馆的厨子。他聪慧勤奋，一生探究烹饪之道，妙手生花，配料、刀工，炸烤烹熘，无所不通，无所不精。吴明曾在“凤麟阁”“麦香村”“二食堂”任灶头，中华人民共和国成立后被聘到内蒙古财贸学校烹饪系任教。吴师傅桃李满天下，内蒙古著名烹饪大师、餐饮协会秘书长郭海旺，内蒙古师范大学餐饮管理学院的副院长张清均为吴明门下高足。他们二位以深厚的理论功底、高超的烹饪技艺成为内蒙古烹饪界的“泰斗”。

新城东南角有家“清和园”稍麦馆子，北街有一家“老绥远”饭馆。“老绥远”炒大众菜，青城饭店开业后，这家饭馆歇业。南街路东是回民二福才的熟肉铺，有一次我到二福才肉铺买羊油酥麻花，发现前头有一个小老头在排队买熟羊头肉，身穿蒙古袍，留着小胡子。二福才十分恭敬地把老爷子买的羊头肉打包好，说了句：“您老吃好再来！”南街路西有张茂怀家的扫帚行，旁边是拐计合的杂货铺。拐计合家住西夹道，日伪时期系厚和中学的足球队员，在与日本军官子弟开展的

内蒙古图书馆的前身新城鼓楼

内蒙古图书馆

对抗赛中，被日本学生踢断了胯骨，落下终身残疾。新城人都同情他，平时绕道也要去拐计合开的杂货铺打酱油、买菜。

西街有一家张姓回民开的羊肉铺，由于张掌柜子二目赤红，人们习惯称之为“红眼”。后来，这家羊肉铺就被新城人叫作“红眼羊肉铺”。西街财神庙街口有家日用百货老字号瑞兴号，这家位于新城中心的杂货店是当今著名作家、内蒙古作家协会常务副主席邓九刚的父亲邓祯开的。那个年代新城的杂货店仅有两家，另一家是南街的拐计合杂货铺。邓掌柜待客热情、诚实守信，新城老住户都喜欢买瑞兴号的日用品。他以商贸立业，以诗书传家。族中子弟大多为文化人，邓家长子邓九功是我的小学老师，长女也是教师，邓九刚是著名作家。邓家对面的独门小院是我儿时的朋友小宁的家，他父亲做过傅作义的军长。西街37号院在克勒部（新城小剧场）旁，住着我的小学同学——呼和浩特养鸽大玩家炜民。他家邻居部仁钦老爷子1960年的时候西装革履，气质不凡，曾是伪蒙疆政府的官员，老爷子的几个儿子都是知识分子。炜民家对面的大院民国时曾是傅作义的兵站，我同学白贵斌的岳父曾住在这个院子，老先生是伪蒙疆政府驻法国大使。西街路南有家山西忻州裁缝铺，掌柜子儿子和我同名，也叫和平，是我儿时一起玩的朋友。和平家西边是春光照相馆。新城北街净是手工作坊，有笼箩社、面镜社、棺材铺、洋铁皮铺、新城食堂。西街1号院、北街109号院，曾是将军衙署官吏的住宅区，中华人民共和国成立后成为内蒙古文化艺术家大院，内蒙古著名诗人纳·赛音朝克图、蒙古文书法家艾力图都在这两个院住。

鼓楼东北角和东南角是新城老住户。养鸽子大玩家炜民和晋剧名票良华、老计都住在这一带。南街西落凤街路口是福寿堂老中药店。往南是王有之的小人书铺，两分钱看一本小人书。我最早读到中国古典名著《三国演义》《水浒传》《杨家将》，都是从王有之的小人书铺。王有之先生学过国画，尤擅长画花鸟鱼虫。据说王先生的花鸟、关和璋先生的山水在呼和浩特最好。路东有一家铁匠铺，有一次新城有关部门组织居民挖主行道，挖出一颗日本人遗留的炮弹。铁匠铺老板搬回铺里准备打两把好菜刀，将炮弹放到火上烧时，让铺里的伙计们都站到路口对面观察，炮弹被烧了一会儿，“轰”的一声将铁匠铺炸飞了。再往南是培养满族子弟的长白书院。

新城没有太大的的商号酒肆，过去汉满族官兵购物、下饭馆，大多是去旧城。中华人民共和国成立后，饮食公司在新城耶稣教堂东边设了一家高档饭店“东风园”，掌勺大厨王富是从旧城麦香村饭店调来的。王师傅用果木吊炉做的烤乳猪、烤方子外焦里嫩，堪称塞外一绝。他做的焦熘里脊、滑熘里脊、糖醋里脊最为拿手，20世纪70年代曾被外交部调往驻外使馆掌勺。后来王富被调到内蒙古财贸学校任烹饪系主任，为全区培养烹饪人才，后调至内蒙古饭店担任厨师长，2013年去世。

小时候我妈妈常带我到西街耶稣教堂听牧师上课，课后便到隔壁的东风园饭店吃肉饼。我常能遇见1962年被特赦的伪蒙疆政府蒙古军司令李守信在东风园吃饭。20多年的牢狱生活使其腰腿落下了毛病，他每天佝偻着身子从新华大街政协文史研究馆下班徒步到东风园饭店吃饭，坐在饭店最里面铺着白台布的桌子旁，嘴上叼着红牡丹牌香烟，不用看菜谱，轮番点葱爆羊肉、滑熘里脊、过油肉三样菜。老爷子吃香的、喝辣的一辈子，口细着呢，今儿上的过油肉是新鲜猪肉炒的还是冻猪肉炒的，他都能吃出来。东风园的王富师傅炒老爷子的菜，从来不敢应付，都得用新鲜猪肉炒，每天还得免费送老爷子一碗点了小磨香油葱花的高汤。李守信的太太和儿女们在中华人民共和国成立前都跑到了台湾，老爷子一个人住在南街江南馆巷——过去在将军衙门里当差的绍兴红笔师爷的独门小院里，由内蒙古公安厅的一个干部照顾他的生活起居。他在北京有个侄子，逢年过节都会携夫人带上稻香村的点心来看望他，帮他拆洗被褥。江南馆巷的住户除了李守信，还有一个老木匠的儿子，他眼有残疾，外号叫“二瞎子”。二瞎子待人热情，以倒卖鸽子、大耳白兔子、二手自行车为生。1960年，他响应国家的号召，第一批下到五原当农民，后入道观当了道士。

有一次，我在东落凤街路口鸟市上，观赏满族人吴大牙、柱子驯鹰玩鸟，突然看见一位身材

新城西街

内蒙古农牧学院鸟瞰图

高大伟岸、穿着将校呢大衣的自治区领导走过来，与吴大牙等几位满族老先生拉家常。这几位满族官兵的后裔虽然家道中落，但面对自治区的领导他们不卑不亢，谈笑风生，仍保留着贵族气质。那个年代，人们还常能看到鄂尔多斯的王爷鄂其尔呼亚克图，自治区的领导奎壁、杨植霖，艺术家李万春、康翠玲步行或骑辆自行车，和普通人一样上街排队买菜、看电影，生活在老百姓中。

新城的街巷许多是以寺庙命名的，如关帝庙街、财神庙街、马神庙街等；有用水井命名的二眼井巷、四眼井巷、辘轳把巷；还有以人名叫出的苏虎街，以商号命名的聚隆昌街、元贞永街、日盛茂街、牛肉铺巷等。

新城的房子大多数是八旗蒙满官兵的官房，也相当于今天的“福利房”，是清朝为满族戍边官兵、在将军衙署里当差的官吏分配的房子。官房多数分布在26条大街里，兵房在26条小巷里。有势力的盟旗王公也在新城建王府，如鄂尔多斯阿王府就建在城隍庙街。我的发小，内蒙古师范大学美术学院院长奥恩、玉泉区法院院长赵晨超家就住在阿王府的东西院内。伪蒙疆政府德王府在诺嘎拉街 (现建设街)东街口，西蒙最大牧主巴思八王府在诺嘎拉街西口。巴王在土默特及后山拥有大量的土地和草场，还在旅蒙商道经过他草场的路上设税卡。巴王府朱漆大门，三进大院，比德王的府邸还气派，中华人民共和国成立后成为新城区政府办公用地。北街元贞永街 15号为清左领衙门府，后成为绥远省参议长张钦的官邸。这个两进大院带后花园的宅子成为新城唯一保存至今的官府，现已成为满族幼儿园。粮饷府街过去是掌管满族官兵俸银官粮的二府衙门。这些住二府衙门的人叫“掌案”，傅作义的民政厅厅长赵国鼎世代就居住在粮饷府的官房大院里。满族校尉军官和衙门的官员，住房是纱帽翅砖瓦5间正房。西夹道巷有个我的发小“三老虎”，他的父亲系满族市绅唐斌，老爷子的大院子正房五开间，纱帽翅屋脊，阴阳猫头瓦当，室内一色老式箱柜，是标准的满八旗老官房。

新城有条旗杆巷，据说清代新城八旗官兵尚武，有一个八旗官兵世家出身的乌先生进京考上了武状元。乌状元骑着高头大马从京城归来时，绥远将军亲自出城门迎接，将军赏赐乌家，在乌家的院子内立一旗杆。从此，他家前的巷子就叫旗杆巷。

新城满族八旗官兵均居住在城中心，蒙古族八旗官兵驻扎的城北镇宁门西侧至今仍叫蒙古场。今天北门里城西南羊圈巷、菩萨街（今公园南路）的清真寺四周，住了一些以屠宰牛羊、做小买卖为生的回民。我家前院住的是我的发小兼鸽友“回民三子”，其妹张平才貌兼备，系内蒙古著名的主持人、火雅艺术团创办人。他们是几代的新城老户，父辈以养牛羊为生，经营生熟牛羊肉店，靠诚信勤劳，过着人丁兴旺的殷实生活。新城东南角曾是绥远都统马福祥大公子马鸿魁的兵营，现为精神病院。

我家1953年从海拉尔市搬到呼和浩特市，住在新城西落凤街 37 号院。这个院子是原绥远主席傅作义的教育厅长阎伟的官邸，中华人民共和国成立后被内蒙古公安厅收回改造成前后院。前院为我父亲噶喇藏从北京回呼和浩特办公、接待客人的地方，有5间正房，4间西房；后院为我家的正4间正房。往东38号院为呼和浩特市著名的满族武术家关德山的武馆。

据史料记载，西落凤街在清咸丰年间叫庆封街。那时这条街住的都是清八旗校尉军官、衙门的官员。当年的绥远道台惠征携小女“兰儿”，曾在庆封街暂住。日后这位“兰儿”成为清朝的皇太后慈禧。光绪年间，新上任的绥远将军就将慈禧太后在绥远城的“圣迹”庆封街改为落凤街了。

清末民初的王公官员认为这条街出了位皇太后，风水好，为沾慈禧的“喜气”，争相在落凤街建官邸、修宅院。西落凤街西头有一个三清殿道观，清代建在姑子板村，20世纪50年代因建新华广场而迁到西落凤街。东头北6号大院，是日式别墅风格建筑，6米见宽的大门能进出汽车。日伪时期为日本驻绥远司令员的官邸；日本投降后，为绥远省主席董其武的公馆。绥远九一九起义前夕，董其武将军为表示和谈的诚意，将这座宅邸让出来作为绥蒙军区

满族家庭

和谈代表——我的发小曹中凯、曹中建的父亲曹文玉和王士鑫烈士等人的驻绥联络站。中华人民共和国成立后，内蒙古检察院检察长张如岗在此暂住，后来我的发小包勇家搬到了这个院子。西落凤街64号院住着我儿时的朋友张小林，他的父亲是董其武将军主绥时的绥远省警备司令。东院住着傅作义的机械化师师长，新城满族人孙英年将军。这两位将军戎马一生，在九一九起义后，张司令被安排到人民出版社当了副总编辑，孙师长被分配到新华书店当了副总经理。

民国时期西落凤街的深宅大院净住着国民党军政官员，中华人民共和国成立后被政府收回都变成了大杂院。15号院住着我的发小“三小”，祖籍大同阳高。他母亲精明干练，是西落凤街居委会主任。“三小”大名曹绥柱，为人聪慧爱读书，常为我们邻里小伙伴讲古典名著《封神演义》《水浒传》。他于1970年下放到罗家营子公社榆树沟村，回城后在内蒙古战备汽车团工作，后任王府饭店总经理。三小家东户住着一位精明利索的小脚老太太，街巷有农村卖菜的小贩子吆喝，老太太便一扭一扭地走出来与其讨价还价，总能买到物美价廉的蔬菜。老人生了5个儿子，她的大儿子在20世纪60年代初梳个油光锃亮的大背头，身穿礼服呢中山装，身背上海美多牌半导体，骑着永久锰钢大链盒自行车，在街巷里进进出出，十分风光。内蒙古日报社首席记者刘红星家住我家对门16号院，高大的院门，龙头门脊，带照壁神龛，五开间正房，水磨青砖贯顶，纱帽翅屋脊，铺阴阳猫头瓦当，青石条高台阶，青砖墁地。房东中年妇人带着4个儿子、两个女儿。他家兄弟姐妹善待邻居的孩子。老二、老三钟子都比我大，常带我去哈拉沁捉蛐蛐。他们家人操内地口音，其父因历史问题一直被监管，后病死在狱中。钟子的母亲是位坚强善良的女人，含辛茹苦地带着儿女靠糊火柴盒度日。女房东寡居多年，将儿女培养成人后，改嫁给蒙古场巷的一个老车倌。东西正房分别住着国占和二旦家。西厢房住了个回族厨师，老汉留个山羊胡子，没儿子，生了六七个仙女。东厢房住着西街春光照相馆的经理，另一户老爷子有两个大辫子姑娘，大女儿在橡胶厂工作。南房住着一个80多岁的孤寡老头，满脸胡须，右边脸长着一个大红疤，老人身体强健，武艺高超，年轻时是清末民初绥远洋行票号的剽爷。

1972年，自治区党委落实政策，将我家后院的房子退还给我们。此时，社会上兴起商品经济大潮，内蒙古公安厅在我家前院开了个饭店，派张荣主任办起了天舒饭店。张荣特请中国书法家协会副主席何奇耶徒书写匾额，天舒饭店的前院正房为厨房、办公室，西房后院为雅间，特聘旧城麦香村饭店大厨，曾给董其武将军当大厨的郭昌铭师傅掌勺，又将麦香村的堂主刘振富请来坐堂，聘请刚从北京东城区退休的大厨乔毛眼（乔风歧）当灶头，几个人组成个呼和浩特餐饮最强阵容。天舒饭店以凤麟阁、麦香村的传统名菜为主，当时拿手菜有乌素图杏木吊炉烤方子、山西过油肉、焦熘里脊、滑熘里脊、蝴蝶海参、三鲜汤等。请新城宾馆的面案大厨烤的炉饼、玫瑰饼每天一出炉就被抢光。天舒饭店生意持续20多年兴旺不衰，创造了呼和浩特餐饮业的辉煌。有人总结说，天舒饭店的成功，一是汇集了呼和浩特最好的名厨大师，二是天舒饭店开在佛爷府，又沾了慈禧皇太后“圣迹之地”的风水。

新城是一个有历史、有故事的地方。

新城一角

乌兰恰特

《草原英雄小姐妹》剧照

乌兰恰特

扫码听书

内蒙古民族团结表彰大会在乌兰恰特隆重召开

1950年，为庆祝中华人民共和国成立1周年，文化部邀请内蒙古文工团到中南海怀仁堂为中央领导、各党派民主人士演出。1950年10月1日入夜，中南海怀仁堂内，中央党政领导、社会贤达云集，著名老艺人色拉西的马头琴声响起，蒙古族歌王哈扎布天籁般的歌声在大堂飘扬。蒙古族独特的歌舞艺术，让党和国家领导人赞不绝口。毛主席等领导上台亲切接见了内蒙古的演员。内蒙古文工团一举成名。内蒙古拥有一流的文艺家，然而当时却没有像样的剧场。

1952年，内蒙古自治区成立5周年庆祝活动一结束，自治区党委、政府便开始筹备内蒙古自治区第一届人民代表大会的召开。当时呼和浩特仅有几座民国时期的小剧场，远不能满足重大会议和文艺演出的要求。自治区领导指示，内蒙古即将召开具有历史意义的人民代表大会，呼和浩特市要建一座综合性剧院。1953年，内蒙古直属工程公司工程师张海峰接到任务，他在旧城的席里图召游览考察时获得灵感，设计出具有蒙古族风格的剧场造型。

1953年7月31日，大剧场破土动工，该项工程由内蒙古工程建筑公司工程师候佐光负责。剧场整体白墙红瓦，正面三层建8个六角形窗口，18根红色廊柱，10层台阶。剧场风格古朴庄重，典雅大气。剧场座位482个，楼上座位799个，可容纳观众1281人。舞台深17

米，开口宽12米，高20米。舞台后面有4间化妆室、2间浴室和2间贵宾接待室。如此一座大型剧场仅用5个月就竣工，创造了全国建筑史奇迹。

1953年12月，盛大的剧场落成典礼在呼和浩特举行。乌兰夫主席将剧场命名为“乌兰恰特”（红色剧场）。自治区人民政府副主席杨植霖、阮慕韩等领导出席了典礼，杨植霖主席讲了话。郭沫若、周扬、田汉、洪森等文化界名人纷纷为剧场落成赋诗祝贺。

梅兰芳先生到乌兰恰特演出

1954年，朝鲜访华艺术团来呼和浩特乌兰恰特演出，团长朝方十分欣赏乌兰恰特的建筑风格，临回国前向内蒙古文化局要了一套乌兰恰特的设计图纸带回国。1954年2月3日，绥远省话剧团在乌兰恰特演出了4幕话剧《尤利乌斯·伏契克》，自治区党委宣传部领导及文化局副局长布赫、内蒙古电影制片厂厂长珠岚观看了演出。1954年7月27日至8月4日，内蒙古自治区第一届人民代表大会在乌兰恰特隆重召开。大会选举乌兰夫、傅作义、奎璧、王铎、王再天、特木尔巴根、乌兰、刘秀梅、呼和勒泰、噶喇藏等13人为全国人民代表大会代表。

1954年12月3日，中国京剧院组成最强阵容，由尚小云、荀慧生、马连良、谭富英、张君秋、裘胜戎等京剧大师，在乌兰恰特演出了《大闹天宫》《借东风》《黑旋风李逵》《野猪林》等传统京剧，让呼和浩特京剧爱好者大饱眼福，过足了戏瘾。1955年8月15日，蒙古国人民军歌舞团在乌兰恰特演出。1955年10月1日，内蒙古第一届民族民间音乐、舞蹈、戏剧观摩演出在乌兰恰特开幕。自治区党委书记处书记王铎、自治区副主席哈丰阿亲临讲话。

20世纪50年代末，著名的京剧表演大师李万春、李少春、李小春应邀在乌兰恰特演出了李氏家族拿手好戏《大闹天宫》等猴戏。李万春族人的表演，场场爆满，精彩纷呈。李万春先生后来回忆："内蒙古的领导特别尊重艺人，呼和浩特的观众，不次于京师的观众懂京剧，我们家族感谢内蒙古的领导和戏迷的知遇之恩。"于是老先生毅然将戏班子从西藏调到呼和浩特市，一直没有离开。1957年5月，蒙古人民共和国艺术团到呼和浩特为内蒙古自治区成立10周年演出。1958年10月11日，苏联阿塞拜疆歌舞团来呼和浩特访问演出。20世纪60年代，评剧表演艺术

内蒙古歌舞团宝音德力格尔、哈扎布与蒙古艺术家在乌兰恰特联欢

内蒙古歌舞团斯琴塔日哈、哈扎布、拉苏荣、查干朝鲁在乌兰恰特演出

王铎、周吉、布赫在乌兰恰特舞台上接见著名京剧表演艺术家李小春

家小白玉霜、豫剧表演艺术家常香玉先后在乌兰恰特演出，为呼和浩特观众留下了美好的回忆。

1950年，中国戏校毕业的高才生应邀来到乌兰恰特，表演了他们的拿手好戏《猎虎记》《挡马》等剧目，连续表演5天，场场爆满，一票难求。后来，他们当中最好的学生尚小云的入室弟子鲍绮瑜、林晨云都被内蒙古自治区京剧团留下，增强了内蒙古京剧团的实力。中国著名的京剧表演艺术家俞振飞、言慧珠20世纪50年代来呼和浩特演出《游园惊梦》《让徐州》，乌兰夫、王铎、杨植霖、吉雅泰出席首演式。言慧珠是蒙古族，演出结束后，自治区领导宴请两位大师吃饭。言慧珠向领导介绍，其祖上是蒙古族，请乌兰夫主席为她起个蒙古族名字，乌兰夫主席略加思索，给言慧珠起了个蒙古族名字，叫斯琴高娃。那个年代的人们精神文化生活十分单调，文化娱乐生活就是看场电影，平头百姓很难能看一场文艺演出。呼和浩特影剧院特别少，人们能在乌兰恰特看一场文艺演出，简直是莫大的精神享受。

乌兰恰特

1984年8月，乌兰恰特进行大规模的装修改造，更换了多年的布景，新添了舞台灯光控制、现代化音响、华美的吊灯，还将楼下的硬座折叠椅换成了沙发座。改造后的乌兰恰特，于1985年召开了全区民族团结表彰大会，自治区党委书记周惠，政府主席布赫，副主席王逸伦、沈兴发、朝洛濛等领导出席了大会。

为庆祝内蒙古自治区成立60周年，呼和浩特市政府要扩大新华广场拆乌兰恰特。消息传出，广大市民、文化艺术界的老同志，纷纷给呼和浩特市政府打电话，要求保留具有重要历史意义的乌兰恰特。曾在内蒙古工作多年的老领导从北京打电话，向呼和浩特市政府的领导陈述拆乌兰恰特的利弊关系："乌兰恰特是全国少数民族自治区第一个现代化的剧场，经历了内蒙古50多年政治风雨，历史沧桑，是一座近代历史文物，是内蒙古政治风云、文化发展的历史见证。"不过最终乌兰恰特还是遭到了被拆除的命运。我听说乌兰恰特要拆了，立即背上相机向它告别，并留下了乌兰恰特最后的影像。自治区人民政府在呼和浩特如意河畔建起了一座宏伟的乌兰恰特大剧院。内蒙古自治区成立70周年，自治区政府、党委宣传部要表彰内蒙古老一代文化艺术家，在北京工作的官布、玛拉沁夫、辛沪光、妥木斯等艺术家被邀请回到呼和浩特市，颁奖大会在乌兰恰特大剧院举行。

我国著名的蒙古族京剧表演艺术家鲍启瑜

文浩和恩和森在《内蒙古人民的胜利》中的剧照

乌兰恰特观众席

内蒙古京剧名伶在茶叶之路剧场献艺

武利平先生在茶叶之路剧场表演

玫子与内蒙古茶叶之路展览馆

扫码听书

云荣布扎布苏、张剑秋、乌拉汉、额博、白音宝力高、刘永生、文凯、诺敏何、杨静出席“伊利杯·大美内蒙古”风情摄影展

范玫子，内蒙古著名企业家，社会活动家。玫子原为山西电视台著名主持人，后放弃她所热爱的电视传媒工作，随丈夫到内蒙古发展，从事房地产开发，同时在鄂尔多斯投资利用沙生植物开发电力。

玫子夫妇秉承晋商勤奋、诚信的精神，将呼和佳地房地产做得风生水起。他们开发的呼和佳地小区，被评为呼和浩特市建筑优质、环境优美的现代化居民小区。

玫子从青年时代就热爱文学艺术，热衷于文化公益事业。她在工作之余，喜欢研究晋蒙经济发展史，并对晋商“走西口”开辟的茶叶之路产生了浓厚的兴趣。

呼和浩特与山西山水相连，两地人民性相近，民相亲，风俗同，语言相通。呼和浩特的历史文化与三晋文化一脉相承，于是玫子决定要继续为晋蒙两地经济发展、文化交流做点儿力所能及的事情。

翻开历史看蒙晋两地经济发展的黄金时代，蒙晋商人牵着骆驼，在茫茫的草原上历尽艰辛，走出了惠及晋蒙俄的万里茶叶之路。

于是，玫子决定办一个内蒙古茶叶之路展览馆，让后人牢记这段历史。她利用呼和佳地办公

“伊利杯”内蒙古风情摄影展在呼和佳地茶叶之路博物馆开幕

区、售楼部大厅上千平方米的区域，创办了内蒙古茶叶之路展览馆，收集了大量关于漠南蒙古首领俺答汗与明廷隆庆议和的历史资料。双方在大同签署协议后，明廷与蒙古化干戈为玉帛。从此晋蒙边塞山村，炊烟袅袅，边墙两地鸡犬相闻。九边五省开关通商，明朝与蒙古部落百年无战事，各族人民和睦相处，晋蒙商贾开始踏上万里茶道。蒙晋商人携手在茶叶飘香、驼铃悠悠的漫长驼道上，创造出中国万里草原物流的历史奇迹。

玫子深感她应将茶道的这段历史讲给更多的人听。于是她请教文史专家，聘请著

额博登门向玫子请教

玫子与内蒙古茶叶之路展览馆

名作家邓九刚先生做顾问，以图文实物为主，办起了茶叶之路展览馆，并长期为我举办以老呼和浩特为主题的图片展。随着呼和佳地展览馆的影响力不断扩大，在茶叶之路展览馆内，玫子经常开办文化讲座，以大量实物和图片展示晋蒙商人“走西口”并开辟茶叶之路的历史。

玫子气质儒雅，才貌兼备，喜爱文学艺术，敬重文人雅士。她的内蒙古茶叶之路展览馆设有西口文化陈列室、演讲厅、旧绥远图片展，还设有茶室。闲暇之时，玫子常邀请内蒙古政界要员、文化界名流、媒体朋友、书画家一展水墨丹青，戏剧界同道琴瑟和鸣，文人雅士品茗论道。

玫子在山西电视台当主持人时，就结交了不少摄影界的朋友。内蒙古摄影家协会举办活动时，她每请必到。2015年，内蒙古摄影家协会举办“伊利杯·大美内蒙古”摄影大赛，玫子为其提供了大赛场馆和优质的服务。

玫子是很念旧情的人，她每年都要邀请山西省的文化艺术家来内蒙古，陪他们一起看草原。前几年她还为内蒙古摄影界年会的召开，特邀平遥国际摄影大展艺术总监

朗立兴、云荣布扎木苏主席，伊利集团副总裁张剑秋、乌拉汗、额博启动影展

郎立兴、额博、诺敏·何陪同张剑秋观看展览

著名企业家、社会活动家范玫子，中国著名摄影家良子与内蒙古摄影团及乌拉汗、杨静、武丽红、贺福元、金梅合影

邓九刚、王新民、额博陪同自治区原党委副书记杨利民在呼和佳地茶叶之路剧场观看演出

张国田先生出席，为优秀摄影家颁奖，并在内蒙古茶叶之路展览馆为内蒙古摄影家举办精彩的讲座。内蒙古摄影家石玉平、贺福元、王玉科、金梅等人赴山西平遥举办影展，玫子还亲自赴会捧场，并携山西文化摄影界的朋友们到展场站台捧场，为摄影家提供工作、生活上的帮助。

呼和佳地茶叶之路展览馆自开办以来，玫子广结内蒙古文化艺术界的朋友，全心全意地为内蒙古文化艺术家提供场所，举办各种文化艺术活动。玫子还出资举办了许多官方文化艺术机构想办而没办成的文化活动。

作为一名企业家，玫子坚持多年投资创办茶叶之路展览馆，热心于社会文化艺术公益事业，实属难能可贵。呼和佳地内蒙古茶叶之路展览馆，已成为内蒙古文化艺术人之家，为内蒙古文化艺术的繁荣发展发挥着越来越重要的作用。

雍和宫住持噶喇藏在呼伦贝尔宣传《中华人民共和国宪法》

雍和宫牌楼

雍和宫与噶喇藏

扫码听书

雍和宫与噶喇藏

噶喇藏与喜饶嘉措在尼泊尔访问

雍和宫位于北京市区东北角。

清康熙三十三年（1694年），康熙帝在此建造府邸，赐予四子胤禛，此即后来的雍亲王府。雍正三年（1725年），改王府为行宫，称雍和宫。雍正十三年（1735年），雍正帝驾崩，曾于此停放灵柩，因此雍和宫主要殿堂原有的绿色琉璃瓦改为黄色琉璃瓦。雍和宫，因乾隆皇帝诞生于此，并出了两位皇帝，被称为“龙潜福地”，所以殿宇为黄瓦红墙，规格与紫禁城皇宫一样。乾隆九年（1744年），清廷为了笼络信奉喇嘛教的蒙古族上层人物，将雍和宫改为喇嘛庙，特请来蒙古族宗教领袖住持，由总理事务王大臣管理本宫事务，雍和宫成为清朝中后期全国规格最高的一座佛教寺院。

雍和宫，1983年被国务院确定为汉族地区佛教全国重点寺院。该寺院主要由3座精致的牌坊和5进宏伟的大殿组成，从飞檐斗拱的东西牌坊到古色古香的东、西顺山楼，占地面积66400平方米，有殿宇千余间。

雍和宫内的“三绝”，指五百罗汉山、檀木大佛和楠木佛龛。五百罗汉山在法轮殿，整个山体由紫檀木雕刻而成，层峦叠嶂、阁塔错落；500个用金、银、铜、铁、锡铸制的罗汉置身其间：讲演佛法的，降龙伏虎的，乘鹤飞升的，或坐或卧，或醉或思，或笑或痴，姿势生动，神态各异，造型逼真，雕技精湛。檀木大佛就是万福阁的迈达拉佛。这尊巨佛是用一棵白檀树的主干雕成的，高26米（地上18米，地下埋有8米），直径8米，总重约100吨，是中国最大的独木雕像。

由于雍和宫坐落在柏林寺右，乾隆帝恐其影响“龙潜福地”风水，在雍和宫北部的空旷之地建高阁供一大佛，以保佑平安。雍和宫大殿前的庭院里的椭圆形汉白玉石座上的石池中，有座高达1.5米的青铜“须弥山”。“须弥”是梵文“Sumeru”的音译，意译为“妙高”。它是古印度神话中的名山，传说是世界的中心。传说“须弥山”高84000由旬（“由旬”是古印度计算距离的单位），日月环绕，山腰有“犍陀罗山”，山外有被“铁围山”所围绕的“咸海”，“咸海”四周还有四大部洲（即“东胜神洲”“南赡部洲”“西牛贺洲”和“北俱芦洲”）。从清康熙年间开始，每年正月初一和十五要在雍和宫举行大愿祈祷法会。

1952年11月15日，内蒙古呼伦贝尔市甘珠尔庙的住持噶喇藏活佛去北京参加中国佛教协会发起人会议，由中央统战部、国家民族事务委员会提名，成为中国佛教协会筹备委员会委员。

噶喇藏向抗美援朝捐献银子和人民币

新当选的主席乌兰夫，参议长博彦满都亲切接见噶喇藏代表

1953年5月30日，中国佛教协会在北京成立会议上，噶喇藏当选为中国佛教协会副会长。这一年，噶喇藏受党中央特邀，参加了由国务院副总理陈毅为团长、国家民族事务委员会主任汪锋为副团长的代表团，出席西藏自治区筹备委员会成立大会。在拉萨，噶喇藏拜见了班禅大师等西藏的高僧大德、宗教上层人物；与陈毅、汪锋、张经武赴日喀则扎什伦布寺朝拜了十世班禅大师确吉坚赞，向宗教界人士介绍了党的民族区域自治制度及民族宗教政策。

1956年9月，中央统战部、国家民委、国务院宗教事务局根据噶喇藏在内蒙古宗教界的威望和在全国佛教界的影响力，迎请噶喇藏奉调进京，出任北京雍和宫住持，国家民族事务委员会主任汪锋主持了噶喇藏活佛雍和宫坐床事宜。

噶喇藏到任后，不负使命，在宫中建立了民主管理制度，健全了经典、佛像、法物、法器等文物的管理和财务管理制度，改善了佛殿环境卫生，规定了参观开放制度，并根据实际情况解决了喇嘛住房等生活上的困难。同时，在雍和宫开设招待所，方便来京礼佛、看病的牧民群众。

噶喇藏活佛还被选为北京市喇嘛寺管理委员会主任，他在任期间，加强了北京市的喇嘛

噶喇藏、胡尔沁、沙木腾、古拿、唐学正及超鲁在乌素图召出席内蒙古自治区卫生厅蒙医进修班　思勤　摄

自治区政协副主席朋斯克与噶喇藏及佛教会议代表　思勤　摄

教务管理。噶喇藏住持雍和宫期间，先后迎请以班禅大师为首的西藏代表团进京，迎接锡兰卫生部部长贾亚苏里亚护佛牙舍利回北京，迎接柬埔寨国王西哈努克亲王、日本佛教协会会长朝拜雍和宫。噶喇藏活佛参加中国佛教界代表团，随同十世班禅大师确吉坚赞，在尼泊尔参加世界友谊代表大会。周总理召集中国佛协会长喜饶嘉措、秘书长赵朴初、副会长噶喇藏、哲学家冯友兰、国务院宗教局局长何成湘到中南海西花厅召开会议，亲自部署佛教代表团赴印度访问事宜。代表团在印度参加了释迦牟尼佛涅槃2500周年纪念活动和世界宗教大会，受到印度总理尼赫鲁的亲切接见，并出席了盛大国宴。代表团临行前，尼赫鲁总理赠予噶喇藏一枚装有金塔的玻璃工艺品，噶喇藏活佛将这一珍宝送给新巴尔虎左旗阿尔山庙。

1957年4月12日，噶喇藏活佛回呼和浩特市参加内蒙古佛教协会第一届代表会议，被礼请为内蒙古佛教协会名誉会长。1959年，噶喇藏应邀率领中国宗教代表团，参加在柬埔寨举行的世界宗教会议，面对台湾派来的并已被大会接纳的以章嘉为首的宗教代表团，噶喇藏走上讲台，提出强烈抗议，义正辞严地坚持一个中国的立场，要求大会终止台湾宗教代表的参会资格，最终迫使组织者将台湾宗教代表团驱逐出会场。同年7月，应蒙古人民共和国佛教协会邀请，噶喇藏参加了蒙

远眺雍和宫

古国的国庆活动和甘丹庙“和平塔”开光揭幕典礼。回国前，他还访问了缅甸、尼泊尔等佛教国家，受到缅甸总理和尼泊尔国王的最高礼遇。

噶喇藏被选为第一、第二、第三届全国人大代表及国家民委专职委员，列席全国人大常委会会议，多次接待来访的国内外佛教团体和佛教界知名人士。1961年3月，雍和宫被国务院列为全国第一批国家重点文物保护单位。1965年8月1日，噶喇藏在呼和浩特市圆寂。自治区党委、政府组成治丧委员会，并在《内蒙古日报》头版发布了消息。

如今，梵音长鸣雍和宫，世人空忆噶喇藏。

额博、布和与白士均、方正、托亚夫在雍和宫游览

呼和浩特博物馆

大召西街

呼和浩特的春雨

扫码听书

大运庄园

呼和浩特的春雨

春天是人间四季最美好的季节。当江南阳春三月百花开时，地处塞外的呼和浩特还是春寒料峭、万木萧瑟的景色。

20世纪60年代，初春的呼和浩特十分寒冷，风沙也大。老人们常说，呼和浩特的春风能吹琉璃瓦，春风不吹地不开。这里的春天最可怕的是沙尘暴。我小的时候，每年阳春三月，十级大风卷起漠北戈壁的沙尘滚滚而来，白天刮得昏天黑地，日月无光，马路牙子能让沙尘盖住。我每天出门上学都得戴风镜，白天教室还得开灯上课。大风过后，人们一个个灰头土脸，同学们用抹布开始擦拭桌上厚厚的尘土。赶上沙尘暴的行人，嘴里眼中都是沙子，那时候得沙眼的人特别多。

待暮春时节，大黑河七九河开，八九雁来，公主府的桃花谢了，乌素图的杏花盛开之时，塞北的风才逐渐变得温和起来。在家窝了一冬天的我，约上几个青春好友，骑上飞鸽自行车，带上女朋友飞驰在田野上，清风吹在脸上，好似少女的酥手轻轻抚摸着你的脸。路边的垂柳从头上掠过，丁香花的香味随风徐来，沁人心脾。寒冬过后的春天给青春少年注入了活力，苦中寻乐的幸福感油然而生。城里熬过寒冬的老人三个一群、五个一伙又凑在鼓楼下将军衙署门前聊着天，享受着春天暖暖的阳光。

清明时节春风化雨，夜里蒙眬中听到毛毛细雨淅淅沥沥打着窗户。早上起来，欣然看到院里粉红色的山丁子花羞答答地开了。街上的人们或打着花花绿绿的油纸雨伞奔走，或身披雨衣骑着自行车，或赶着马车出南街走东门，忙着为逝去的亲人扫墓上坟。一场春雨将被沙尘覆盖的灰色城市，洗刷得干干净净。一出郊外还有一种“天街小雨润如酥，草色遥看近却无”的意境，空气清新，复苏的大地散发出泥土的气息。东门外看护奶奶庙的杨老汉的花脸狗朝着闯入它家菜地的毛驴狂吠。东护城河畔东倒西歪的柳树泛出淡淡的绿色，柳林中的候鸟屁咯吱、青红鸟、金翅在树枝间鸣叫。

远远地就能看到荒草丛生的东坟滩上，有为旧坟上新土的孝子，有点香敬贡果的扫墓人。其中有位瘦弱的小寡妇，跪在地上烧着纸，嘴里念念有词，向早逝的丈夫哭诉着心中的凄苦，身边还有个年幼的小女孩。目睹此景，让人不由得生发怜悯之情。

迎旭门外，团结社的农民乘着春雨在田间扬鞭吆喝着耕牛，忙着在清明前后点瓜种豆。呼和浩特市地处大青山南麓，南部是黄河、大黑河流域的冲击平原。历史上北部沿阴山下一带适合发展牧业，而黄河、大黑河流域土地肥沃，适宜农耕种植。呼和浩特春季多旱少雨，夏季雷雨冰雹天气多发，秋季的雨连绵不休。从明清时期，为了建归化、绥远城，官府大量地砍伐大青山上的森林，山里的百姓无度地放牧，历代居民向扎达盖河道倾倒生活垃圾，堵塞了河道。1959年，呼和浩特市政府拆除了旧城北门，夏季一场特大暴雨导致乌素图山洪暴发，将半个回民区和牛桥冲走。扎达盖河出漕，洪水将大北街包括旧城最老的照相馆豫芳园冲垮。新城区地势高，汹涌的洪水将主街新华大街变成一条街河，将南街永盛全、西街妇女门市部的蔬菜水果都冲到了街河里，新城的大人孩子拿上筐，站在湍急的洪水中捞蔬菜水果。

呼和浩特市人民痛定思痛，60年来每年坚持上大青山植树造林。2022年的呼和浩特春雨来得特别早，入夏后绵绵细雨一场接着一场。连续几年久旱不雨的锡林郭勒草原水草丰美，十年九旱的乌兰察布风调雨顺，遇到了十几年来少有的好年景。如今，呼和浩特春天的沙尘暴天气也少了，大青山不长草木的北坡也见到了绿色。由于生态环境越来越好，呼和浩特市现已成为祖国北部边疆的绿色屏障。

小召前街

三清观

王府辘轳井　额博　摄

打水的老农　额博　摄

西部老井

扫码听书

农家辘轳井　额博　摄

内蒙古西部地区干旱少雨，湖泊稀少，河道干涸，大多数地区靠打井吃水。常见的井有三种：辘轳井、旱井、吊水井。鄂尔多斯草原是严重的缺水地区，只有在低洼的河滩能打出水。由于井的分布远离乡村牧区，打水者得牵上几峰骆驼，每峰骆驼驮两个木桶，提水时将桶绳挂在骆驼身上，拍着骆驼屁股走出100多米远才能提出一桶水。这里的人生产生活离不开骆驼，打井提土、提水、驮水全靠性情温和、吃苦耐劳的骆驼，因此当地人称他们赖以生存的井为“骆驼井”。

位于黄土高原的清水河县土地贫瘠，很多山区没有地下水源，农民生活用水全靠一种旱井水，顾名思义，无水井。清水河人视旱井为生命，甚至以旱井多少为衡量贫富的标准。姑娘找婆家首先不看房、不看后生怎样，先问家里有几口旱井。打旱井，先挖一个深三丈的井筒，再将从山里挖出的红胶泥一块一块粘在井壁上，几条大汉轮翻用锤子砸，要连续砸上三遍数万次才不渗水。打好了旱井，人们就盼着老天爷下雨，否则永远是旱井。旱井其实是一口水窖，下雨时全家出动，引水入井，下雪则往里铲雪。井内牲畜粪、虫草什么都有，因此必须沉淀半年后才能饮用。旱井水的水质，卫生达标可能谈不上，但在如此恶劣的环境中，没有水还能生存，本身已是个奇迹了。说来也怪，凡是喝旱井水长大的姑娘，个个生得白净俊俏、聪明灵秀，或许这便是旱井水内的丰富成分所致。造物如此神奇，令人无法不对黄土高原人顽强的生命力和创造力连连赞叹！

土默特右旗美岱召内有口老井，历经400多年的历史沧桑，至今仍能打出水来。

说起井来，呼和浩特市大召前的那口玉泉井地位有些特殊。那是一口八眼井，井台用青石条砌成，井口用整石穿凿，两侧立着青石旗杆，旧时井台上有一小庙。据说，“先有玉泉井，后有归化城”，那这口井至少有400余年的历史了。玉泉井以水质甘冽、水量充沛闻名塞外。土默川牧人慕名来此驻牧，山西商贾游历到这里，在此立商号、开茶馆，历时几百年，由此以玉泉井为中心，形成一座市井繁荣、庙宇林立的商贸中心。玉泉井滋养了塞外古城人民，为这里的经济文化带来繁盛，人们视玉

旱井　额博　摄

水缸　额博　摄

拉水车　额博　摄

期盼雨水的农民　额博　摄

泉井为神泉。为了表达对玉泉井的情感，民间流传出很多美丽的传说，最让人们认可的是康熙皇帝西征途经此地，御马口渴“刨地涌泉”的故事。三晋名士手书大匾“九边第一泉”，现悬挂于无量寺门前，从而确立了玉泉井的独尊地位。呼和浩特人出于对井的特殊感情，喜欢用井起巷名，如玉泉井所在的街为玉泉巷，还有四眼井巷、辘轳把井巷等。更有甚者，闻名世界的北京城的“胡同”，原来也是蒙古语水井的意思。呼和浩特市政府在做行政区域划分时，按照人民的意愿将老归化城定为玉泉区。

西部老井

玉泉井在“文化大革命”中也难逃厄运，“深挖洞广积粮”，大修人防工程，致使玉泉井水竭、井壁塌，茶楼倒闭、商号萧条，唯井台尚存。大地回春之际，多半辈子喝玉泉井水的老居民，喜欢三五成群地相聚在古井台上，晒着暖洋洋的太阳，相互问候，谈古论今。他们在玉泉井旁经历了沧桑巨变、人生苦乐，如今，时过境迁、物是人非，但玉泉井，仍是他们心中永远流淌不完的故事。

深水井　额博　摄

明代古井　额博　摄

绥远城南街

绥远城墙

绥远城墙

扫码听书

绥远皇安门

清朝的乾隆皇帝是个有福气的皇帝。1736年，乾隆登基，康、雍二帝给他打下一个四海安定、海宴河清的康雍盛世。乾隆皇帝善诗赋，工书法，手不释卷，博古通今，好游历名山大川。他一登基就乘龙舟顺着大运河，下江南微服私访，感受到大清南国歌舞升平的盛世景象。

乾隆皇帝是一位胸怀天下，有远大抱负的皇帝。中国古代历史是一部北方游牧民族，向富饶的内地不断侵扰的发展史，因此安定北方边疆是历朝历代国君的首要国务。

为加强北部边疆的战略防御，乾隆二年（1737年），乾隆皇帝下旨由国库拨银，在归化城东四王庄一个台地上，建一座驻防满八旗军的城市。朝廷将此大任交由归化城办事尚书通智主持施工，由工部设计出图纸，并从山西雁北地区召集木匠、瓦匠几千人。之后，建城指挥部在归化城东南地区建了几座大小不一的“陶思浩”（砖瓦窑），开工建设绥远城。

归化城的居民突然发现，寂静的土默川大台什、小台什水草丰美的牧场上，冒出来大大小小很多个“陶思浩”，窑工们日以继夜，人欢马叫，窑火熊熊，映红半边天。口外浩浩荡荡的伐木大军，随后进入大青山、蛮汉山砍伐松柏树林，肆意侵占牧场，砍伐召庙、敖包禁地周围的树木，竟将郁郁葱葱的大青山，掠夺性地砍伐成秃山。

工程紧锣密鼓地在建设中，这使得归化城土默特的官吏、农牧民产生极大不满。怕丢乌纱帽的总督府官吏敢怒不敢言，只有七大召、八小召的活佛喇嘛们敢站出来谴责通智乱砍大青山召庙、敖包圣地的森林，在归化城佛教圣地旁建一个大兵营，破坏归化城的风水的行为："在归化城旁，建如此大的兵营，怎么连个招呼都不打？这不是往活人眼里密（捅）指头，活欺负我们土默特蒙古人？"

归化城众僧推举掌印大喇嘛小召活佛，赴京谒见乾隆皇帝请愿。小召第二任活佛托音呼图克图与乾隆皇帝的祖奶奶孝庄文皇太后，都是科尔沁蒙古族人。康熙皇帝御驾亲征平定噶尔丹叛乱，途经归化城时住在小召，托音呼图克图活佛护驾有功，被康熙皇帝封为归化城地位最高的掌印大喇嘛。

乾隆皇帝笃信喇嘛教，在京接见了小召的喇嘛代表，并说明在归化城建驻军城是为了守卫北部边疆的安宁。乾隆皇帝按照小召大喇嘛的意愿，从国库拨银，由工部派京城的工匠在归化城东的慈灯寺建了座金刚舍利塔，作为新建兵城的"镇物"。五塔寺因与绥远城同时建立，又名"新城寺"，如此这场建城风波才得以平息。

乾隆四年(1739年)，新城竣工。新城城墙周长是一千九百六十丈，高两丈四尺。共建将军副都统官房3830间，八旗兵用房12000间，迎街铺面房1530间。城东门为"迎旭门"，北门为"镇宁门"，南门为"承熏门"，西门为"阜安门"，用汉、满、蒙古三种文字刻在门额上。按中国人的风水观念，不能四门对开，因此绥远城的四门是错开的。

绥远东街

绥远南街

迎旭门外

鼓楼门洞

绥远城墙

远眺绥远城

朝廷将右玉将军王昌调任为绥远将军。乾隆皇帝赐新城名为“绥远城”，王昌在将军衙署前的照壁上手书“屏藩朔漠”四个字，将建城的意义表明。绥远城是在清朝鼎盛时期建城，清廷又成功地对蒙古地区实行了怀柔国策，“南不封王，北不断亲”。因此，乾隆年间蒙古广大地区呈现民族和睦、社会稳定的局面。绥远城墙远没有北京、太原、榆林的城墙高大，常住官兵也就几千人。

绥远城是乾隆皇帝亲力亲为的国家战略工程，规划合理，工程质量上乘，工期只用了两年零四个月。这在中外建筑史上也是罕见的。绥远城在清代没有发生过战争，民国时期日本和德王的伪蒙古军入侵绥远地区，傅作义部西撤。日军、伪蒙古军兵不血刃就占领了绥远城。抗日战争时期，傅作义将军从偏关出发经清水河、和林格尔，一直打到绥远城南一间房，后因寡不敌众将部队撤回山西偏关。

1945年，日本宣布投降。同年8月，在大青山坚持抗日的司令员姚喆、骑兵团团长黄厚，奉贺龙的命令，指挥晋绥八路军攻入归绥城，与顽抗的敌军激战，后从河套地区蜂拥而来的安春山、刘万春部占领了归绥城。随着解放战争全面打响，中共中央以贺龙、聂荣臻领导的华北、晋绥解放军牵制傅作义东援，配合辽沈战役对绥远发起过两次战役。解放军攻城时均没用重炮攻城。随着平津战役的胜利，董其武将军率部和平起义，使古城绥远没遭到战火的破坏，完整地回到人民的怀抱。

20世纪50年代，呼和浩特为改造城市面貌，使新旧城连成一体，开始大面积地拆除绥远城墙。1958年大炼钢铁，内蒙古冶金厅专家指导各机关的职工在镇宁门西部内蒙古日报社北城墙建了几个土高炉，成千上万名业余炼钢工人站在城墙上点火炼钢，最后劳民伤财，炼出来一堆不合格的钢铁，草草收场。

1959年，为建设一座现代化的首府城市，迎接内蒙古自治区成立20周年，由市政公司出动专业工人开始拆除鼓楼，同时将西南角的百年老字号永盛泉酱菜园和东南角的清和园稍麦馆、春光照相馆、拐计合杂货铺、回民二福才熟肉羊油麻花铺都拆了。同时为使新旧两座城合二为一，贯通两座城的中山路、新华大街，开始拆迎旭、镇宁、阜安、承薰四门。新城区政府发动各机关单位、广大市民义务劳动拆除城墙。

绥远西街

当年正兴家家盖围墙、小凉房，市民开始拆城砖往家拉。拆绥远城墙时还澄清了一桩百年大案。当年主管绥远城建筑工程的朝廷命官通智，在施工中没有按照工部的设计图纸施工，恣意偷工减料，将城墙周长1960丈缩小了一圈，将城基石四明一暗改为三明一暗。通智一伙还克扣工人伙食工钱，将承薰门的东城墙、迎旭门的南部城墙的三合夯筑土，改为单一黄土，从而贪污了大量的工程款项。东窗事发后，经政敌实名举报，乾隆皇帝派大学士刘统勋来绥查办，经两个月的明察暗访后核实上报朝廷，绥远将军衙署刑部奉旨在阜安门外小教场，将通智等重大贪污团伙要犯斩杀判刑。当时拆北面城墙时，墙内因用三合土夯筑，拆这段城墙时很费力气，工人们用镐头一刨一个白印，硬如磐石。而迎旭门南部的城墙和承薰门东部的城墙内的夯土，全用松软的黄土夯筑成。这就证实刘统勋钦差没有冤枉通智，办了一桩经得起历史考验的铁案。

我的小学同学炜明家准备盖小凉房建院墙。我俩到承薰门外的城墙上取黄土，从淌马河里取水，在城墙下平整了一块地，脱了几千块土坯，才把炜明家的小凉房和院墙盖起来。

20世纪60年代，绥远城墙基本上拆平。我在呼和浩特市文物管理所见过承薰门、镇宁门石刻匾额。阜安门西城墙改成护城河西巷，镇宁门北城墙改成北垣街，迎旭门改成护城河东巷，承薰门南城墙改成乌兰察布西街。绥远城墙只留下旧党委大院300多米长的一段城墙。近些年，呼和浩特市文物局对这300多米的城墙进行了修缮加固。

戏班子进山村

搭简易戏棚

村戏

扫码听书

每逢进入农历正月，呼和浩特市南头、黄河北边，尤其在晋蒙交界的和林格尔县、清水河县农村，常能看到古戏台、农家打谷场演村戏。四邻八乡的百姓携老扶幼，都赶来看戏。老人们穿上一年才穿一次的灯芯绒对襟袄，小伙子将锅盖分头梳得油光锃亮，大姑娘穿着红袄绿裤子，打扮得花枝招展，扎成一堆争奇斗艳。小贩们手推肩挑，售卖的东西有针头线脑、冰糖杏干、碗坨凉粉，应有尽有。这是农村最热闹的时节。

戏班子一般由乡村有才艺、好戏剧的俊男俏女组成，牵头的或是一对夫妻，或是一个家族。他们是亦农亦艺的农民，农忙时节干活，农闲时节演戏。一个农村戏班约有30人，生、旦、净、末、丑都得有，二胡、古琴、梆子锣鼓等乐器齐全，服装行头、道具较为简单，一台农用四轮车、三四匹骡马便可全部运走。每年正月破五后外出表演，演出地点主要是黄河两岸交通不便、文化落后、老少边穷的山区。村戏班子在立冬后农闲时开始组建，练身段、吊嗓子、走台，集中上半个月排练旧戏，然后再学一两出新戏。戏班子多数都有各自的领地和关系村，到了日子便一村连一村地演。为了造势，戏班子往往在进村之前敲锣打鼓，武生和青衣齐齐扮上，到村里大户人家“踢场子”，户主则给戏班子成员敬烟倒酒。听到动静，村里家家户户都出来迎接戏班子，鸣放鞭炮。戏班子的武生一边走，一边踢飞脚、舞刀枪，以示驱邪布吉。寂静的小山村节日气氛陡起，小孩追着戏班子玩闹，男女老少站在坡顶房头看红火。夜幕降临，家家赶紧吃完晚饭，先由几个家人搬上凳子、砖头，到场面上占好位子，等到戏快开场，全家人才陆陆续续到齐。鞍马劳顿的演员们由村主任安排到不同的人家吃饭，饭后，全体人员穿戴上行头，爬坡下梁到窑洞房前、村民院落里“察灯”，这时家家户户红灯高挂，旺火熊熊，鞭炮齐鸣。戏开场了，生、旦、净、末、丑轮番登台，高唱吉祥祝福的曲子，如“一进门往里看，院中站着一个老寿星，老寿星把秧歌看，祝你四季保平安”。平时寂静的小山村变得热闹欢腾，孩子们挤在头排，大人站满坡头地梁。前些年，清水河盆地周边的乡村还没有通长电，乡亲们请来戏班子后，将棉花蘸上煤油，在舞台四周点满火把，虽然烟熏火燎，但丝毫不影响大家看戏的热情。

山村唱大戏

戏班子进农户演出

唢呐声响戏班来

二人台戏

看戏的观众

村戏

村戏剧目多为农村人百看不厌的历史戏剧，如《打金枝》《铡美案》《西厢记》等，内容不是奸臣害忠臣，就是美女爱书生；有时还应年轻后生、姑娘的要求唱些反映爱情题材的二人台小戏，如《卖菜》《卖碗》《走西口》等。

戏班子进到一个村子，往往演两三天，一天中有午场和晚场，晚场要演到后半夜才散。演出结束后，和村长结了账，戏

班子再到下一个村子演。前些年，村里管吃住，每场戏能给三百到五百元；太穷的小村子给不起钱，就给每个演员两盒烟，再给些莜面、胡油等农产品。戏班子的演员走乡串村唱戏，一是因为爱好戏剧，为红火热闹、吃百家饭；二是可以赚点儿钱粮。他们有的夫妻同台，有的父子对唱，还有的台上演公主，台下奶着怀中的娃娃。这些农民艺人没有受过专业训练，都是父子传承，师徒相授。琴师鼓手也大多不识乐谱，全凭感觉“品”调。近些年，随着河东山西偏关、河曲的戏班子来到黄河西边，这里的村民更喜欢看山西班子的戏，于是本乡本土的戏班子不再像以前那样受欢迎了。外来的和尚好念经，山西的北路梆子戏腔调圆润，剧目繁多，服装华丽，并开着装有服装道具箱子的四轮车，十分气派。这些“口里”的艺人一专多能，既能唱晋剧大戏，又能唱二人台小戏，演到后半夜，等老人孩子熬不住回家睡觉后，有观众会给演员一人一盒烟算作小费。戏班子有时也会应观众要求，唱些俚俗小调。民间艺人的表演分戏曲和二人台，戏曲即晋剧，村民叫“大戏”。二人台的唱腔虽有别于东北的二人转，但二者均源远流长、世代传承，其形式和内容也日臻完善。大戏不仅是农民喜闻乐见的精神娱乐，还是农村孩子的启蒙课堂，他们可以从中了解中国历史，了解君、臣、父、子等传统家国观念。

农村戏班的演员都是有艺术天赋的农民，他们忙时干活，闲时唱戏，自给自足。水泥建筑的戏台上能唱，打谷场、窑洞、农家小院里也能唱，既传承了民间艺术，又丰富了农民的生活，还是农村青年一年一度自由相识的平台，其作用大致相当于今天城里年轻人开的派对。随着各种电子产品的普及，民间艺人也有了越来越多的学习渠道，演技不断提升。随着农村经济的发展，农民越来越富裕，村戏的舞台也越来越讲究。唱戏，作为农村一年一度的盛事，任凭斗转星移、沧海桑田，它都经久不衰，历久弥新。

大黑河畔的呼和浩特

史话大黑河，图说土默川

扫码听书

傅作义安纯山部跨过大黑河与驻绥远日军作战

大黑河畔造长城

大黑河畔的辽代丰州古城

大黑河，《汉书》记载为“荒干水”；唐代被称为“金水”；辽金元称其“哈拉乌素”，意为黑水。大黑河是黄河在内蒙古境内最大的一级支流，它发源于卓资山县的东躺子南山。中国大多河流都是由西向东流，而大黑河却由东向西流。

大黑河是由阴山间的多条沟壑中的涓涓细流汇成的一条河，从卧佛山下的福生庄旁，流经旗下营，沿山麓从榆林南下流入土默川平原。

大黑河流经高山峡谷，带来大量黑色腐殖土，因此河水呈黑色，清代土默特蒙古族又谓之“伊克图尔根河”，意为“大激流河”。

大黑河流域是人类文明的发祥地之一。在大黑河旁保合少乡的大窑村东沟内，内蒙古博物院的汪宇平先生发现了大量古人类使用过的石器。经我国著名的古人类学家裴文中教授考证，大窑村是距今50万年前古人类的生产工具制造厂。

公元前307年，赵武灵王在大黑河畔，敕勒川草原推行“胡服骑射”，壮大乘快马、着短袍的赵军，北破林胡、楼烦，在阴山下筑长城，在大黑河南建起了“云中城”，成为中国北方辽阔疆域的霸主。

公元前104年，北方的匈奴人从漠北兴起，胡马金戈度阴山、越长城，闯入大黑河两岸，横扫赵军，“云中城”破。

公元前33年，匈奴首领呼韩邪单于赴长安朝觐汉元帝请求和亲，元帝将宫女王昭君嫁给单于。王昭君于长安城外迟迟吾行，一步三回头，望断长安城。匈奴迎亲队伍，古道朔风，鞍马劳顿，到大黑河畔升帐宿营。

黑河晨曦，胡马惊鸿，牧歌悠悠。昭君身披锦袍，遥望阴山，心情舒畅，愁绪顿消。昭君令侍女拿来琵琶，吟唱起家乡的歌。

百年后，汉胡人民将昭君安葬在大黑河畔，缅怀她为汉胡两地带来的百年和平。

公元257年，鲜卑人拓跋力微从呼伦湖畔崛起，在大黑河南宝贝河畔建都“盛乐城”。

公元537年，西魏、东魏交战，战场十分惨烈。北齐大司马、诗人斛律金登临阴山马头峰，远望奔腾入黄的大黑河、苍茫的敕勒川草原，把酒临风，用鲜卑语吟唱出《敕勒歌》这一千古绝唱：“敕勒川，阴山下。天似穹庐，笼盖四野。天苍苍，野茫茫，风吹草低见牛羊。”

916年，辽太祖耶律阿保机从大辽河出兵征伐党项。辽太祖御驾亲征，来到传说中最为富饶

大黑河抗洪

治理大黑河

大黑河畔

的敕勒川草原。太祖驻足黑水之畔北望，阴山巍峨，芳草碧连天，他不禁感叹敕勒川是富民养兵的风水宝地，于是下令将狼山下的“天德军城”迁到大黑河畔的“丰州城”。

古丰州城是辽金元三朝的战略要冲，也是北方草原的商贸重镇，后在元末的战乱中被摧毁，现保留着城北的一座金刚舍利宝塔（白塔）。

明代隆庆五年（1571年），明朝与北元金国土默特部首领阿勒坦汗，在大同得胜堡达成封贡及互市的协议，阿勒坦汗被封为顺义王，史称“隆庆和议”。阿勒坦汗与夫人三娘子在大黑河畔，仿元大都建了一座青色的城库库和屯，明廷赐名“归化城”。晋陕两省的农民、商人“走西口”来到大黑河流域，租赁、开垦土默川牧民的草原用来耕种。大黑河两岸的土地是大小黑河水、扎达盖河洪水冲击的平原，土地十分肥沃。土默川民间有“水满黑河，土默川粮多”的谚语，所以“走西口”来的农民在租种的土地上连年丰收。

清康熙二十九年（1696 年），清圣祖康熙为平定噶尔丹叛乱，御驾亲征。皇帝的先锋军到大黑河架桥，压后阵的大军还在右卫城。归化城土默特都统阿喇纳及小召、席勒图召、大召的高僧大德聚集在大黑河畔，为康熙帝升金顶大帐迎驾。康熙到归化城驻小召活佛仓。

康熙从归化城起驾出征，带上小召科尔沁籍活佛托音二世远征漠北，皇帝大军三路出击，大败噶尔丹的主力，取得昭莫多大捷。康熙帝率军从坝口子凯旋，归化城的李丰年在扎达盖河建庆凯桥，全城官吏百姓夹道跪迎康熙帝凯旋。

1706 年，康熙皇帝的四公主和硕悋靖下嫁给土谢图汗的孙子敦多布多尔济。公主听闻大黑河畔、阴山下的归化城内有漂亮的喇嘛庙，繁华街市上净是豪华的戏院酒肆。公主与附马爷随行浩浩荡荡从清水河花园街公主府起轿，渡过大黑河住在归化城北的扎达盖河畔，清廷工部专为公主修建和硕公主府，土默特总都隆重接待蒙古族的皇太后孝庄文的邸曾孙女，精心安排公主的生活起居，隔三岔五地亲临府上请安。同时将大黑河流域美岱、黑沙兔、辛庄子、太平庄最好的水浇地都划归公主府作为公主地，并拥有黑河水分配权，每年春夏，要等公主地浇灌完，两岸的村庄才能使用河水。

公主身为漠北蒙古亲王的福晋，迷上了气候宜人、四季分明、风光壮美的土默川。春夏时公主喜欢与附马爷在扎达盖河畔策马郊游，秋冬季在黑河两岸弯弓射猎。公主常进城游玩礼佛，品茗听戏。甜美的爱情和舒适的生活使公主长住漠南不思北归。

清乾隆四年（1739年），为了“屏蕃朔漠”的战略目的，清廷在归化城五里四王庄建绥远城，并施行农垦，开阜商路。大量晋陕“走西口”的商人和农民来到大黑河流域，租赁土默特蒙古族的牧场开荒种地谋生活。

在乾隆年间，归化城内有门脸房，走北路草地的商号有160多家，银匠、瓦匠、木匠、皮毛匠不计其数。大黑河两岸从“风吹草低见牛羊”变成一幅“犁牛遍地，稻谷飘香”的景象。到民国初年，大

用大黑河水灌溉农田

开挖大黑河民丰渠

黑河两岸的土默川和托克托县已成为归绥的农业产粮大区。

1936年，日本军队和伪蒙古军李守信部从旗下营、凉城渡大黑河向归绥进攻，兵不血刃占领归绥。

1938年4月，傅作义指挥董其武、孙兰峰部从山西偏关出发，出其不意地消灭清水河守敌，攻占了和林格尔日、伪军。孙兰峰部向归绥前进，孙兰峰指挥安春山营攻至大黑河南岸，遭到日军的强烈反击。孙兰峰部在昭君坟制高点与日军激战。安春山营从姚府村迂回到大黑河，炸毁大黑河的桥梁，切断日军汽车、装甲车的后路，将日军消灭在大黑河南岸。孙兰峰指挥安春山营一直打到绥远南茶坊，孙兰峰孤军深入，但由于归绥城内日本援军越来越多，孙兰峰部寡不敌众退出战斗。绥南战役的发动给予日军沉重的打击，极大地鼓舞了中国抗战军民的信心。

1938年11月，八路军一二〇师第358旅第715团和骑兵连组成以李井泉任支队长、姚喆任参谋长的大青山抗日支队，从山西苛岚县出发，翻越蛮汉山，消灭了凉城县的守军，从绥东八拜村渡过大黑河，穿越京绥铁路，挺进大青山，在面铺窑子与刘洪雄、杨植霖领导的游击队会合。

大青山八路军建立了得胜沟、井尔沟根据地，在大黑河两岸的大青山、蛮汉山地区，与归绥地区的日军开展了艰苦卓绝的斗争。

1949 年，在傅作义的努力下，绥远省国民党军政人员举行“九一九”起义。绥远省政府及人民解放军从丰镇出发，沿着大黑河畔进军土默川，绥蒙大军凯歌高奏，饮马大黑河畔。姚喆司令员率领绥远军政领导乘火车返回，在火车站受到董其武和绥远市民的热烈欢迎。

大黑河两岸土地肥沃，是呼和浩特主要产粮、蔬菜生产基地。据说，1930 年以前的大黑河，旗下营一段才是一米多宽的小溪，一个小脚女人都能一步跨过去，现在已成百米宽的大河槽。由于人们在河的上游大量砍伐林木，开垦草原，山地已涵养不住雨水，大黑河流域生态环境遭到破坏，每年的山洪给两岸村庄和农业生产造成严重损害。

1929年，绥远县为治理大黑河，以工代赈修了一条长22公里的大渠，挖了20条用于灌溉围田的支渠，名为民丰渠。两年后，一场洪水使大渠淤闸，大黑河从昭君墓的南边改到昭君墓的北边，民丰渠成了大黑河的主河道。

1959 年8月3日，大黑河暴发大洪水。扎达盖河上百年的牛桥被冲毁；大黑河的堤岸经汹涌的洪流淘刷，大堤决口44处；沿河两岸61个村庄被淹，56.8万亩农田被冲毁。

自治区原副主席杨植霖对大黑河治理十分重视，先后动员呼和浩特市千人治理大黑河，拓宽了河槽，筑高防洪大坝，兴修排水工程；重修了呼和浩特市至和林、呼和浩特市至托县的大小黑河大桥。呼和浩特人民不仅防洪，还利用大黑河的洪水淤泥和洪水冲下来的腐殖土，改良农田的土壤，增加粮食产量。大黑河每年发洪水，两岸农民就开闸用洪水漫地。

经1979年10 月又一次治理后，大黑河再没有发生过重大洪灾。大黑河水从八拜乡流入呼和浩特市区前巧报村、姚府村和桃花板村，成为呼市景观河，又从老营村、乃只盖村、大圐圙村，经糟牛营、熊家营，从前壕村流入黄河。

20世纪50年代，大黑河畔建起内蒙古农业技术学校和农业科学研究院。改革开放后，大黑河两岸建起呼和浩特市奶牛、蔬菜、养鱼业的副食品生产基地。市政府先后扩建了昭君墓，建起万亩蒙古风情园。同时在大黑河修建了风格不同的桥梁，修通了双向四车道的滨河路，开辟了宽阔的绿化带，并建起十几处滨河公园，种植上千亩别具色彩的郊野花海，还设置了亭台栈道，供人们游览休闲。

大黑河两岸每天都有人来游玩，老年人在亭子中看书下棋，在绿荫下健身赏花。大黑河两岸成为呼和浩特市风景优美、深受市民欢迎的娱乐休闲、放松身心的新去处。2021年在昔日的古战场上，又增设大黑河军事主题公园，深受青少年的喜爱。

大黑河畔的洗衣女

黄河古渡口

黄河船夫

黄河史话

扫码听书

黄河纤夫

老船夫

蒙、晋、陕交界黄河大峡谷北岸的准格尔旗，有个依山傍水的村庄，它与山西河曲县隔河相望，毗邻陕西府谷，地处三省之咽喉，黄河湍流，长城逶迤，可谓：长河共黄土一色，长城与黄河并行，三地鸡犬相闻。明、清始在此开市，与蒙地“易马屯马”，小村由此得名马栅乡。

马栅乡村民大多属晋、陕移民。先民当年“走西口”闯江湖来到这里，贩皮毛、做牙纪、搞船运，搬船、拉纤混码头。有本事的经商贩运，老实人搬船拉纤也能混口饭吃。闯码头的人有句话：“没个三下两下，不敢闯那河口、马栅。”闯江湖得有敢于冒险的精神。在马栅还有句名言：“撑死胆大的，饿死胆小的。”当年这里民风剽悍，村民重义气，码头上三教九流鱼龙混杂，什么人也有。胆大精明的人一夜就能暴富，发了财下包头、走归化城，立字号当老板；恋乡土的则回老家购地置房，光宗耀祖。而留在马栅的都是一些靠卖苦力拉纤、种地的老实人。

纤夫，是些不愿种地又不会经商，两个肩膀挑个头漂在黄河上，过激流闯险滩，吃玩命饭的人。黄河船运一般从包头装货放船，从托县河口镇开始进入晋蒙大峡谷，在这里黄河河面高度由海拔 900多米迅速降落到 300米，开山劈石，汹涌奔腾，一路跌落。黄河在老牛湾受吕梁山所阻，掉头南去，过楼子营，走河曲、漂府谷、跌碛口，顺流而下，一路有多少船工、纤夫因船触礁撞壁，落得粉身碎骨。纤夫、船工们在下游卸下货后，赤着身体拉上纤绳，逆水跋涉在黄河滩头、崇山峻岭间。干一行有一行的规矩，吃水路饭便有水上的规矩。纤夫、船工上船得听船老大的，相互以兄弟相待，有福同享、有难同当，谁也不准夹带私货，不坑、蒙、拐、骗、偷。纤夫们在船上得讲“三气”：挣钱靠力气，交友靠义气，活命靠运气。身在江湖闯荡靠信义，这是纤夫的

柳青河渡口

黄河纤夫

立身之本。

纤夫自有纤夫的乐趣，黄河两岸最美的风景唯有那些在河边洗衣挑水、穿得花红柳绿的山妹子，她们让船工、纤夫眼前一亮。纤夫们就冲着这些闺女、媳妇们大吼上几句山曲：“咳——妹妹擦油抹粉白脸脸，让哥哥瞧瞧你那毛眼眼……”胆大的小媳妇们也会和纤夫对唱上几曲。岸边、船上你一句我一曲地对唱起来，唱得让人心旷神怡，顿时忘却了一路的劳苦。

纤夫一上船就是一场生离死别的漂泊，只要两脚实实在在踏在了黄土地上，就是最大的幸福。乡里有句顺口溜：“好男不当河西的兵，好女不嫁搬船的汉。”纤夫大多数是光棍汉，他们不置房置地，一人吃饱全家饱，今朝有酒今朝醉，手里有几个活泛钱，就喝小酒、唱山曲，熬不住的就娶一个放在家里放心的丑媳妇，回来有个暖被窝的女人，足矣！这就是纤夫大苦中的大乐。

随着旅蒙商道的衰落，如今黄河上已看不到如织的商船，也听不到纤夫的号子，马栅乡商贾如云、码头喧嚣的盛景已成为过去。这里又成为黄河边上一个宁静的小村庄了，昔日的纤夫船汉大多已“解甲归田”，他们的后代将他们的船改装成机油船，在黄河渡口哒哒哒地行驶着，运送往来的客人、粮草。黄河上，那些惊心动魄的传奇往事，成为老纤夫们茶余饭后永远讲不完的故事。

徐广源在放电影

电影宫放映员

电影宫

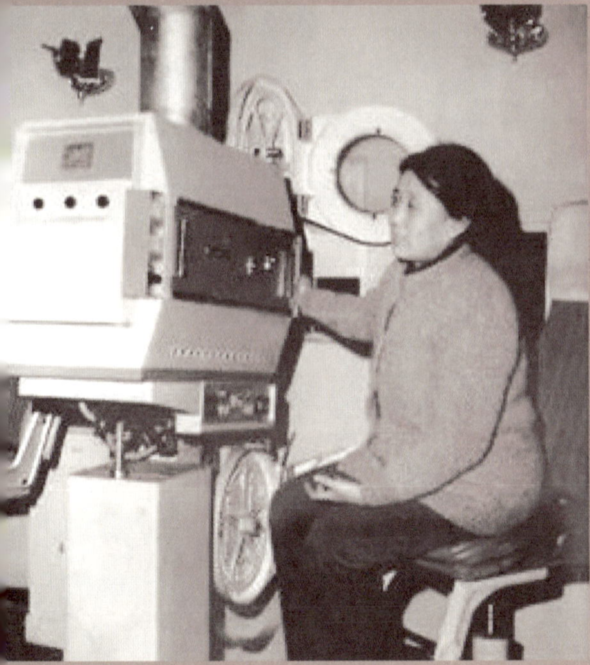

扫码听书

电影宫

中华人民共和国成立初期的新城，在菩萨街和南街口有一个电影院。电影院顶棚用席子盖着，不遮光，故称“露天电影院”。电影票白天5分钱一张，晚上1角钱一张。20世纪 50年代中期，在新城阜安门内路西建了一座俄式风格的电影宫，高台阶，圆形售票厅，乳黄色的外装饰，美观大方。阜安门外淌马河畔，又建了一座乳白色欧式建筑风格的博物馆，主建筑上是由文浩先生雕刻的一匹白色骏马，与电影宫遥遥相望，二者相映成辉，成为新城一道亮丽的风景。

我母亲是个电影迷，每天晚上将我的弟弟妹妹安顿睡着后，便带上我去电影宫看电影。我爱看战斗、恐怖类电影，演农村题材片、外国片、戏剧电影时我就睡大觉。我最爱看的是上海万氏兄弟拍的动画片《大闹天宫》，杨小仲拍的《宝葫芦的秘密》，崔嵬拍的《小兵张嘎》……这些电影我都看了很多遍。那时到了晚上，电影宫门前停满自行车，旁边总有几个卖瓜子、冰糖葫芦

的小贩，大喇叭里放着流行的电影歌曲，如《冰山上的来客》《刘三姐》等。电影票2角一张，检票的职员衣着整洁，说着标准的普通话，当时很令人羡慕。电影宫前厅正前方，挂着当红影星的大幅照片，有蓝马、赵丹、王心刚、白杨、王晓棠、谢芳、上官云珠、黄宗英、金山、孙道林、张瑞芳、王丹凤等，每位观众一进门都会抬头仰望这些熠熠生辉的明星。电影宫当时在全国都属一流电影院，内部宽敞，设有真皮大座椅、苏联进口放映机。在电影宫看电影，音响环绕，影像清晰，舒适温馨。

电影宫在正式放映故事片前，总要放几段由中央新闻电影制片厂拍摄的纪录片，主要内容是关于中央领导人的政务活动、祖国日新月异的面貌。电影宫放映了不少新中国的精品电影，如《洪湖赤卫队》《李双双》《红岩》《清宫秘史》《红日》《舞台姐妹》《早春二月》《林家铺子》等，初期还上演过《阿诗玛》。1966年初，学校包场看《阿诗玛》，演到美丽的白族姑娘阿诗玛与情人阿黑相约石林时，我正看得入迷，忽然一位教师从座位上站起高呼："批判臭资产阶级的影片《阿诗玛》。"结果没有一个人跟着她喊口号。20世纪60年代，国人对电影到了十分痴迷的程度，年轻人的床头以挂明星照片为时尚；人们在一起交流，明星人物的私生活是热门话题；流行歌曲都是电影歌曲；请领导、朋友看电影成为重要的社交活动。电影宫不仅是文化娱乐场所，还是社交的理想之地，是学生受教育的舞台，逢年过节单位最大的福利就是包一场电影。

"文化大革命"开始后，电影宫免费上映了7场伟大领袖毛主席接见红卫兵的纪录片，组织各大单位的干部职工、学校学生观看；随后就开始演革命样板戏，一部接一部，演了8部，其中包括《红灯记》《红色娘子军》《沙家浜》等。这一时期，一切文化娱乐活动都被取消，但即使没有电影看，新城人晚上吃完饭也都要到电影宫遛一圈。电影宫前面小广场成为新城文化、商业中心和小年轻聚众打架"闯份"的地方，这里有卖小吃的、摆小人书摊的、江湖练把式卖药的、造反派揪斗黑帮的，还有两派人辩论、玩闹青少年"拍圈子"打群架，也都在电影宫一带进行。那个年代，新城人每天即使不看电影，也得去电影宫四周看看热闹。

当时人们最爱看的一部电影是苏联的《列宁在1918》，当时的孩子们能大段背下列宁的演说词；影片中乌兰诺娃表演的双人芭蕾舞《天鹅湖》，人们百看不厌。电影宫还演过

摄影家、电影放映机收藏家徐广源利用节假日常为乌素图农民义务放映电影

几场阿尔巴尼亚、越南、朝鲜等国的影片，其中《卖花姑娘》是最受人们喜爱的一部朝鲜电影。

“四人帮”倒台后，电影宫开始上映外国电影和“内部电影”。“文化大革命”之后，呼和浩特人十分渴望了解外部世界和优秀的中外文化艺术。当时中南海电影厅常放映一些进口的片子，有根据世界经典名著改编的《飘》《红与黑》等，目的是让国人带着批判的眼光观看。当时引起巨大轰动的有3部反映日本军国主义的电影，分别是《山本五十六》《啊！海军》《军阀》。中央批准省军级领导及十三级以上的干部观看，以提高对日本军国主义抬头的警惕性。一天，我在党委统战部部长克力更家玩，单位送去几张票，部长把多出的一张送给了我。我晚上来到电影宫，结果被检票的军警赶了出来，说是不让小年轻看这种电影，怕被毒害。我返回家，穿上我父亲的呢子大衣，戴上眼镜，将呢子帽压得低低的，又来到电影宫，顺利混进入场的人群，没被察觉。那天后半夜开映，连演3场。这3部影片战争场面之宏大、演员表演之精湛、表现战争之惨烈，让人受到巨大震撼。

日本有一部反映二战随军妓女悲惨生活的影片《望乡》，电影宫一天24小时连续放映，我看到第二场《望乡》时，跑片员因3天没有休息，在为电影宫送第二本拷贝的路上昏倒了。那一场，观众在影院等了一个小时片子才到，电影宫的领导为平息观众的不满情绪，破例没有将影片进行删档处理，全版放映，观众欣喜异常地看了一场原版《望乡》。

随后几年“内部电影”热映，为了能免费看“内部片”，呼德尔、明锐等几位青年画家应朋友要求，开始偷偷画电影票。我们先搞一张内部票，他们再依样模仿。他们用彩笔画的电影票与真票纸色相差无几，足以乱真。

20世纪70年代初，我进工厂当学徒工。厂里有一位叫王小丽的女工，家住新城，我们上下班同路。每次和她同行，我都感到特别愉快，我们一路上谈学习、谈理想，时间过得特别快，一会儿就到了分手的路口，我心里总是恋恋不舍。有一次，我们走到电影宫门前，看到人山人海，她过去一问，原来是上海20世纪40年代拍的影片《一江春水向东流》正在热映。小丽十分兴奋地给我介绍这部电影，说它是由上海大牌明星陶金、白杨、上官云珠联袂出演的，内容反映了资产阶级腐朽的爱情观，是我国20世纪40年代最具表现性的电影，我们应该

电影宫

人民剧场

用批判的眼光去看。我看她这么推崇这部影片，第二天就排队买了3张票。当年，关系没有确定不能单独和女孩看电影，那张票再请谁，我颇费了一些心思。请一位女工怕小丽吃醋，对我有看法，只能请男工友，于是我就请了老实、其貌不扬、家住旧城通顺街的后生小闫做陪衬。那天电影一开映，小丽和我谈兴很浓，为张忠良背叛爱情感到愤愤不平。当演到素芬不堪忍受前夫的背叛，投了黄浦江后，荧幕上出现了一首诗："问君能有几多愁，恰似一江春水向东流。"小丽用胳膊碰了我一下，问道："这首诗是什么人写的？"我一听，窃喜这下问着了，这是南唐后主李煜的诗，我太熟悉了。然而，此时一激动，突发口吃的老毛病，我憋得脸红脑涨："这个……""南唐后主李煜"几个字就是说不出来。这时，小丽旁边那位后生用充满磁性的男低音自信地答道："娄迅（鲁迅）！"听了这话，小丽深情地望着这位态度矜持、一晚上沉默不语的后生，说了句："你真有才！"随后，带有清香的身体慢慢侧向那位后生……这部《一江春水向东流》是我在电影宫看得最伤心的一部电影。

20世纪80年代后期，电影公司电影制品厂建了一座国际标准放映厅，内设软座椅，拥有大坡度视角，设有环绕立体声，又有美国大片优先放映权，强烈冲击着电影宫一家独尊的地位。之后，乌兰恰特、文化宫推出"电影情人小雅座""音乐茶座"。改革开放后，虽然有《少林寺》《追捕》等大片在电影宫热映，但随着电视机的普及，人们贪恋家中的

著名电影收藏家杨宝华

舒适、随意，将脚步滞留在了电视机前。尽管电影宫的第三代经理小张锐意改革，在电影宫搞起了节日舞会、酒吧、茶座，电影宫还是没能摆脱“门前冷落鞍马稀”的境况，在21世纪前后，电影宫被拆除。电影宫、乌兰恰特、文化宫等地的电影放映机和其他设备，随之进入了我国著名电影机收藏家杨保华先生的博物馆内。

杨保华现任内蒙古电影博物馆馆长，内蒙古自治区电影放映收藏学会会长。杨先生从小喜爱电影，好电影文化收藏，特别是当电视对电影产生冲击的十几年中，他倾其所有到处奔波，将一些倒闭的电影院、电影队淘汰的电影放映机、电影拷贝、电影海报以及与电影有关的杂志、照片、摄影机等都收藏起来，建立起内蒙古电影博物馆并公开对外开放。内蒙古电影博物馆不仅成为会员和影迷了解电影知识、探索电影奥秘的文化场馆，还成为青年朋友和中小学生爱国主义教育、思想品德教育的重要基地，让更多对电影怀有浓厚情结的人们在这里观赏佳作，品评经典，陶冶情操，提高修养。

知识青年上山下乡宣誓会

新华广场

扫码听书

广场交际舞

扎达盖河畔的旧城，曾是明清两代的商贸重镇。这里店铺酒肆，召庙林立，是一座历经3个朝代，已有400多年历史的老城区。新城是内蒙古自治区党政军机关所在地，于清乾隆二年（1737年）建成。城内的4条主要大街，净是五陈六行的小作坊、小商店，虽然叫新城，其实早已不新了。 当年外地朋友来看呼市新貌，我一定会带他们去看20世纪60年代初建成的新华大街。走进新华大街，首先会看到呼市最经典的建筑——中西合璧的呼和浩特博物馆，楼顶上那匹凌空飞奔的蒙古马，是呼和浩特的城市标志。新华大街路南是政府大礼堂，对面是内蒙古政府，往西走就是内蒙古政协大楼、欧式风格的呼和浩特市第一医院（原是一所比利时公教医院）、人民银行大楼。每到入夜，新华大街的华灯一亮，就像走在北京长安街上。过了锡林路十字路口，人的视线就会豁然开朗，宽阔的新华广场南面是乌兰恰特剧场，北面坐落着浮雕立柱、华美庄重的主席台。新华广场是呼和浩特近代政治风云的大舞台，也是首府政治、文化、娱乐活动中心，它承载了这座城市的历史风云、沧桑巨变。

城市广场是大城市的产物，世界大都市北京、伦敦、巴黎、莫斯科都有著名的广场。呼和浩特市历史上没有广场。明朝阿勒坦汗在归化城北门外，建有练兵的大校场（今内蒙古体委院内）；清乾隆二年在新建的绥远城阜安门外，建有训练满族八旗军的小校场（今内蒙古自治区人民政府院内）。 五卅运动中归绥的爱国人士、学生抗议北洋政府卖国条约，跑到旧城南埋死人

新华广场集会

的“孤魂滩”集会。傅作义将军主绥时，在绥远城阜安门外姑子板南的赛马场（公园东街体育场），为蒋介石及夫人宋美龄举办了一场赛马会。傅作义将军还陪同来绥视察的国防部长白崇禧，在赛马场举行了阅兵式。20世纪50年代，内蒙古自治区和绥远省合并，在绥远城迎旭门外日伪时期建的飞机场（今新华东街十九中处）举办了内蒙古第一届人民运动会。1957年5月，内蒙古自治区党委政府主席乌兰夫，为中央代表团团长彭泽民、李先念、萨空了、朋斯克一行在新城迎旭门外的赛马场举行了庆祝大会，并举办了那达幕大会，进行了赛马、射箭、摔跤等体育文艺表演。

1962年，内蒙古自治区成立15周年暨庆祝五一国际劳动节的活动在新华广场举行。新华广场在新城至旧城之间的姑子板村，乌兰恰特剧院以北，比利时公教医院以西，内蒙古医学院东面，位于新华大街的中心，因此得名。届时，乌兰夫主席及自治区党政军领导，中央代表团的余心清、李立三、老舍登上新华广场主席台，观看了群众游行。新华广场的建成不仅将新旧两座城连接为一体，还极大地提升了首府城市的功能和现代化进程。

1965年我在满族小学读书，荣幸地被选上参加五一国际劳动节游行。我们少年方块队上身穿白衬衫，下身穿蓝裤子，佩戴红领巾。呼市的五一节，乍暖还寒，早晨7点在博物馆集合，9点，呼和浩特市委书记李贵宣布庆祝大会开始，请乌兰夫主席讲话。有线广播的大喇叭里传出乌兰夫主席用地道的呼市方言讲话的声音。我们等到上午10点，少年方队开始游行，这时下起蒙蒙细雨，我们冒着小雨迈着整齐的步伐，通过了新华广场主席台。这时同学们都已被淋成落汤鸡，浑身冻得发抖，已没法向主席台上的领导贵宾们绽放出少年儿童特有的幸福笑容。这时，我看到主席台下有几位身穿风衣、头戴前进帽、脖子上挎着照相机的记者，能在主席台上下自由行走，令我十分羡慕。我们的方块队走到内蒙古医学院，往左拐到通道街走到旧城北门，同学们各个精疲力尽，饥肠辘辘，学校给每个同学发了一个油焙子，我们狼吞虎咽地将油焙子吃完，在旧城北门排队挤上1路公共汽车，到电影宫下车后队伍就散了。

“文化大革命”开始后，学校停课，机关、企业都处在无政府状态。内蒙古自治区成立20周年大庆，因党委、政府处于瘫痪状态，没能举行庆祝活动。新华广场成了呼市保守派和造反派“大鸣、大放、大辩论”的舞台。呼市人民法院公审刑事犯罪分子，也在新华广场举行。1967年6月18日，呼和浩特15万各族人民聚集在新华广场，热烈庆祝我国第一颗氢弹爆炸成功。1968年5月22日，呼市10万多各族各界群众从四面八方赶来，高举横幅标语，一路高呼着口号，在新华广场举行集会游行，坚决支持各国人民反对美帝国主义侵略的正义斗争。1968年9月6日，呼市大街上锣鼓喧天，鞭炮齐鸣。1969年，新华广场聚集了10万人，人们提着灯笼，日以继夜地在新华广场欢歌跳舞，庆祝中国共产党第九次全国代表大会胜利召开。1971年3月28日，全市12万群众和知青家属，在新华广场欢送5000名初、高中毕业生上山下乡。1976年1月8日，中央广播电台播音员用十分悲痛的声音，发布了中共中央政治局委员、国务院总理周恩来同志逝世的消息，呼和浩特市各族人民自发地前往新华广场和人民公园烈士塔敬献花圈，新华广场下半旗致哀。1976年7月6日，中共中央政治局委员、全国人大常委会委员长朱德同志逝世，新华广场下半旗悼念。1976年9月9日，伟大领袖毛主席逝世，9月18日下午3点，呼和浩特各族各界群众15万人怀着悲痛的心情，在新华广场举行庄严的追悼大会。

1975年1月，我在内蒙古呼市二轻局系统内蒙古立体摄影厂工作。呼市二轻工业企业将中华人民共和国成立前的铁匠、毡匠、木匠、皮匠等手工艺人组合起来，成立了集体小手工企业，如呼市麻绳社、猪毛社、面镜社等。呼市每逢有重大集会，作为政治任务，全市的工矿企业都要到新华广场集会游行。呼市二轻系统是新建的厂子，给我们发了粗纺布工作服，有些小工厂连工作服

新华广场革命彩车

都没有，工人只戴个蓝色套袖。全市的企业集中在新华广场，呼市纺织系的方块队最引人注目，因为队伍中净是年轻漂亮、身材窈窕的纺织女工，她们头戴白工帽，身穿白围裙，脚穿小白鞋，手拉七色毛料彩虹带，组成蒙古包造型。呼钢的工人队伍最有工人阶级的气概。炼钢工人个个人高马大，精神抖擞，身穿统一的白色劳动布工作服，头戴黑色护目镜前进帽，脚穿翻毛大头鞋，脖子上系白毛巾。队伍由彩车打头阵，彩车上站着3名高大伟岸、手握钢钎的工人，他们身体前倾，做冲锋状。我们二轻系统的队伍，总被安排在最后通过主席台。

有一天，在内蒙古电视台工作的影友白石告诉我，新华广场主席台拆了，要建内蒙古彩电大楼。1984年8月8日，白石的父亲为彩电大楼奠基剪彩。内蒙古

新华广场集会

彩电大楼虽然在第二层建了主席台，但从来没有被使用过。改革开放后的呼和浩特，没有在新华广场举行过游行庆祝活动。1985年3月23日第五届青少年风筝比赛期间，共有300多名选手参加比赛。呼市政府成立了新华广场管理处，逐步将新华广场转化为呼市人民群众的休闲娱乐中心。呼市园林局在广场四周搞了绿化带，从云南移植过来珍贵的银杏树，栽种了市花丁香灌木丛。新华广场除了休闲娱乐，还搞过大型彩票出售活动，中奖者能获得一辆小轿车，市民逾百万人参与，热情空前。遇到节庆日，新华广场还搭台搞文艺演出，2007年自治区成立六十周年时，这里修建了大型喷泉。

曾几何时，新华广场上出现了一群穿紧身裤、身着鲜艳服装的中老年妇女，在高分贝的音乐伴奏下跳广场舞。领头的女老师梳盘头发型，四肢修长，站立时呈八字腿，身着专业练功服，文艺范儿十足。她神态矜持地站在队伍前头，示范指导，后面一群身体发福的中老年妇女舞姿妖娆，动作夸张。广场舞队门槛低，不要求有舞蹈功底，不用花学费，不分年龄，谁都可以参加，特别适宜寻常百姓实现舞蹈梦或健身娱乐的需求。广场舞发祥于新华广场，深受中老年妇女的喜欢。近些年，广场舞已从新华广场走向呼市各大广场、公园，走进社区。广场舞虽然没有太大的艺术观赏价值，然而老年人从中能获得精神愉悦，对于身体健康大有裨益，因此在社会上得到广泛推广。

新华广场庆祝大会

内蒙古摄影家协会与内蒙古自治区旅游局合作，在新华广场举办过两次露天摄影艺术展览。在20世纪90年代初，为提升新华广场的文化娱乐功能，建了漂亮的鸽舍，养了一群白色的广场鸽子，后来把鸽子转移到了满都海公园。近些年，内蒙古的的重大集会和节日庆祝活动，大都改在内蒙古体育馆举行了。

斗转星移，时代变迁。新华广场曾是首府呼和浩特市政治风云的晴雨表、政治运动的大舞台。党中央拨乱反正后，新华广场从政治广场变为首府人民从事文化娱乐的场所，今天又成为呼和浩特现代化的网红商业娱乐中心。2021年春节前，新华广场修建了3年的网红街开业，成为呼市春节期间文化商业的热点。人们闻讯，扶老携幼，摩肩接踵，涌向地下网红街。网红街商场、饮食、娱乐等一应俱全，奇异的海底世界令广大市民流连忘返，成为呼和浩特又一购物娱乐的好去处。

乌兰图雅、吉尔格楞、额博合影

吉尔格楞与著名企业家葛健等人合影

天边双星 光耀艺坛

——赞《走近天边》吉尔格楞、乌兰托嘎美术作品联展

扫码听书

内蒙古旅游摄影协会的影友亲友团出席画展

2021年的秋天冷得比往年早，国庆节一过，呼和浩特就秋风萧瑟，寒气袭人。然而，大青山下、古驼道旁的腾格里塔拉美术馆内却春意盎然，其乐融融。古堡式的腾格里塔拉美术馆内，政界要员、文化美术大家、工商界巨子、社会名流云集于此，人们怀着好奇心出席两位著名音乐家举办的画展。这两位音乐家是传遍祖国各地的《天边》的曲词作者吉尔格楞和乌兰托嘎。

吉尔格楞是内蒙古自治区卓有成就的画家，写诗是他的业余爱好。乌兰托嘎是我国著名的作曲家、音乐家，绘画是他的业余爱好。

我和吉尔格楞，亦师亦友，我们都叫他格楞。我和格楞是内蒙古画报社的同事，我是记者，格楞任编辑部主任，是我的领导。我摄影艺术风格的形成，深受格楞绘画的影响。

吉尔格楞、云中、额博在克旗采风

格楞是一位有大智慧、多才多艺的画家、诗人。他还自学了建筑室内外装修，受到西贝餐饮集团董事长贾国龙先生的赏识，20世纪90年代格楞被聘为北京腾格里塔拉的艺术总监。格楞为西贝的一台歌舞剧《鄂尔多斯婚礼》写了一首歌词《天边》，贾国龙凡事都要求最好，要找最好的作曲家谱曲。于是格楞就请当时以《父亲的草原母亲的河》《往日时光》等歌曲走红的著名作曲家乌兰托嘎为《天边》谱曲。

2001年初春，在一个月朗星稀的夜晚，格楞邀请乌兰托嘎见面，两个人坐在腾格里塔拉的蒙古大帐里。此时的两位蒙古族青年才俊英气勃发，豪气难掩，其艺术创作正值高峰期。两个人相对而坐，情趣相近，性格相同，把酒论道，他们从中外艺术聊到中国诗歌、蒙古族民歌，无所不谈。待酒过三巡，月落西山，格楞才言归正传，说明这次是敬请乌兰托嘎为《天边》谱曲。格楞放下酒杯，略带醉意地诵读起他的诗歌《天边》，音调沉沉，满怀深情。乌兰托嘎听罢很激动，二话没说立马答应与格楞合作。

乌兰托嘎从事音乐创作，有两种状态。如果接到的歌词写得平庸，让他一点儿创作的欲望都没有，即使对方给再丰厚的稿酬，也决不会接受；倘若遇到好的歌词，他大脑皮层的音乐细胞就会兴奋起

乌兰托嘎书写的“天边”

乌兰托嘎和吉尔格楞在歌迷见面会上合作朗诵歌词《天边》

来，从不计较报酬的多少，掀起钢琴盖，看着歌词，十几分钟一首曲子就一气呵成。

乌兰托嘎怀揣《天边》的歌词夜不能寐，直奔长安大街民族宫的琴房，披衣坐在钢琴前。面对《天边》的歌词，他心潮澎湃，手指落在琴键上，深沉婉约的旋律就流淌出来。

《天边》是一首十分抒情、内涵丰富的歌颂草原、表达爱情的歌曲。乌兰托嘎立即想到让呼伦贝尔情歌王子布仁巴雅尔做原唱者。

《天边》以优美的蕴意、诗情画意般的境界、如天籁般的旋律，在两位诗人、音乐家天作神合的创作下横空出世。《天边》如彩虹当空，春风化雨似的传遍大江南北，深受广大人民群众的喜爱，下到农牧民，上到国家顶级歌唱家廖昌永、戴玉强等大师都争相演唱，久唱不衰。

由《天边》改编的舞剧、电视剧也应运而生。《天边》是继20世纪50年代通福先生的《敖包相会》后，最受人们喜爱、影响最大、传播最广的蒙古族歌曲，从而一举获得中宣部“五个一”工程奖。

随着《天边》的巨大成功，格楞、乌兰托嘎成为媒体追逐的人物，大专院校聘请、客座教授讲学等社会邀请也接踵而至。他们面对鲜花、荣誉以及头上的光环，推脱无所谓的社会应酬，依然保持着平和的心态。近些年，他们继续从事艺术创作，闲暇时更喜欢和亲朋故旧聚会。为了满足朋友粉丝索要唱片签名的需求，二人常联手书写《天边》书法作品赠人。

乌兰托嘎前几年赴锡林郭勒草原住蒙古包，骑马体验生活，结果因马失前蹄跌伤住院了。在病房养伤的日子里，他突发学绘画的想法，于是让夫人托雅准备画笔、油画框开始画油画。他起

天边双星 光耀艺坛

——赞《走近天边》吉尔格楞、乌兰托嘎美术作品联展

初就是想消遣解闷，想着用音乐家的思维将音符和旋律转换为色彩和线条。乌兰托嘎画完第一幅作品，让格楞来看，格楞看后告诉乌兰托嘎，这幅画的风格属于当代西方美术的抽象主义画派。这个流派的画家作画的基本思维是用光、色彩、线条去表现自然、社会与人，他们和音乐家一样是用抽象思维的方法进行创作。

观赏乌兰托嘎的油画作品，不能像看具象的绘画那样去欣赏，得静心观赏。乌兰托嘎创作的画，有的画笔力粗犷，泼墨重彩，像万马奔腾、草原风暴；有的色清墨淡，真水无香；还有的画笔力流畅，犹如水清云淡的额尔古纳河的夏日。

吉尔格楞自幼喜爱绘画。他在巴彦淖尔盟磴口胜利公社下乡时，在知青中成立了美术小组，劳动之余画遍了村里的老人和毛驴。20世纪70年代，格楞考入内蒙古师范大学美术系，师从中国油画大师妥木斯先生，毕业后被分配到巴彦淖尔盟群众艺术馆工作。20世纪80年代初，格楞创建内蒙古青年油画研究会，与青年油画家云中、蔡树本、赵文华、纳日黎哥等人，开创了内蒙古草原油画的新思潮，获得《中国美术》杂志和美术界专家的高度评价。

1986年，格楞被调至内蒙古画报社任编辑部主任。20世纪90年代受聘为中国西贝餐饮集团艺术总监。这次展出的油画作品，他一改内蒙古画家画草原风光、黄土风情的题材，画的是欧美异域风情系列。格楞的油画作品注重异国典型环境和特色人物的呼应关系，他作画不计细节，人物造型简约。他用色鲜明，构图严谨，运笔娴熟，能做到心想笔到，将欧美城镇、希腊海岸风光表现得热情、阳光、浪漫，让人叹为观止。

格楞与乌兰托嘎20年前跟随贾国龙先生，将内蒙古的餐饮文化打入京都。之后为传播蒙古族优秀文化艺术，二人联手创作出惊世之作《天边》。两位艺术家获得成功后，从没停止过在艺术道路上探索的脚步。他们历经人生起伏跌宕、社会沧桑巨变。20年后，吉尔格楞、乌兰托嘎用画笔将自己走过的生活旅程、艺术追求记录了下来。这次联手办画展，是他们在艺术探索过程中的又一次华丽转身，再度将心中的诗歌、音乐旋律，化为彩毫腾越在画布上。他们用风格不同的绘画艺术，举办“走近天边”吉尔格楞、乌兰托嘎美术作品联展。他们在艺术创作的道路上，从没有止步，没随波逐流，而是坚守特立独行的艺术信念。“走近天边”无疑是吉尔格楞、乌兰托嘎在艺术创作的道路上一次惊世骇俗的探索。

20 世纪 70 年代的中山路

20 世纪 60 年代中山路供销合作社大楼

呼市中山路史话

扫码听书

20 世纪 30 年代中山路 918 纪念堂

20 世纪 30 年代中山路中段

乾隆二年（1737年），清廷在归化城东五里的四王庄新建了一座用于军事防御的绥远城，于是人们习惯叫绥远城为新城。新城是八旗军驻扎地及将军衙署所在地，城内只有几家供应城内官兵日常生活需求的小杂货铺、酱菜园。旧城是当时西北地区繁华的商贸重镇，城内召庙林立，商铺酒肆、戏园茶楼鳞次栉比，巨商大贾云集。

绥远城的军需物资以及城内八旗官兵、后勤人员的生活用品，都要从旧城采购。每天早晨，绥远城阜安门一开，新城的衙门官吏、管理八旗官兵粮饷的掌案 就骑着马，女眷们坐着轿车，过淌马河石桥，经小校场、姑子板村、营坊道、御公桥，穿过清真大寺北面的宽巷子到旧城喝茶、吃稍麦，游玩购物，入夜到小东街的嘉乐会馆听戏消遣。

民国二年（1913年），绥远最后一位将军张绍曾将新旧城路南移，从姑子板取道卧龙岗、清真大寺，由南进入归化城。新旧城马路处在潮湿地带，到了春天雪融化时路面就会翻浆。民国六年（1917年），绥远蔡成勋都统动用工兵团，用三合土硬化了路面，新旧城大马路上出现了大腹便便的商人，坐着黄包车飞奔；还有蒙古王公、官太太坐着英国豪华四轮马拉轿车，神气十足地往来于两座城间。新旧两城的市民、学生，在大马路两边义务栽种了柳树。

民国十四年（1925年），绥远都统李鸣钟将军主绥，为治理绥远春季的黄土风沙，阳春三月动员省府公职人员、学生、市民在绥远城内西南角的荒地上开挖景观湖，植树木、种花草，辟为“绥远公园”；在城外淌马河两岸、卧龙岗、新旧城大马路两边广植树木。李将军将3月17日定为“绥远植树节”。绥远地下水充沛，土质肥沃，中华人民共和国成立初期，荒凉的新旧城大马路两旁种植的柳树长成了参天大树。民国十七年（1928年），归绥市青帮头目刘长荣在大马路中段建了一座砖瓦四合头小院，办慈善事业，谓之“纯一善社”，后为呼和浩特市书画院（现维多利商厦处）。民国时期，绥远省府将新旧大马路旁的五里垂杨柳被定为绥远八景之一——“柳城荫绿”。绥远省在民国初年隶属山西管辖，阎锡山派晋军名将傅作义将军担任绥远省主席。1932年，傅将军在阜安门外姑子板大马路南建了一座赛马场(现为“大马路”体育场）。1934年，蒋介石

20 世纪 70 年代中山路林荫大道

20 世纪 50 年代中山路工人文化宫

20 世纪 70 年代中山路博物馆十字路口

携宋美龄来绥远视察，傅将军为蒋介石夫妇在大马路赛马场举办了一场赛马会。蒋介石夫妇观看后十分高兴，欣然为赛马优胜的小骑手颁发了奖金。

民国二十三年（1934年），傅作义为告诫绥远人民不忘国耻，在龙泉公园以北建了一座“九一八”纪念堂(现为工人文化宫)。伪蒙疆政府德王侵占绥远，将绥远改为厚和豪特市，并在姑子板马路建了栋电报局大楼，在绥远毛织厂对面建了座日本国驻厚和豪特领事馆(旧市公安局院内)，在龙泉公园旁建了日本陆军医院，硬化了新旧城的大马路。笔直宽阔的大马路上，常有日本和蒙古士兵腰挎军刀，骑着高头洋马在巡逻。

董其武将军主绥时，在阜安门外新旧城马路北建了省府礼堂。绥远“九一九”起义前夕，董其武将军邀请解放军代表鲁志浩、曹文玉到绥远商谈和平起义事宜，并将解放军驻绥联络站设在新城西落凤街五号他的公馆内。国共双方谈判之余，解放军驻绥联络站的王士鑫等几位同志在去旧城办事返回新城途中，行至大马路的“纯一善社”处遭到几个国民党顽固派特务的尾随袭击，王士鑫同志当场牺牲。

中国人民共和国成立后，新旧城之间的大马路成为新旧城三条主要交通大道之一。1950年，

20世纪60年代的中山路

市政府将阜安门瓮城拆除。1954年，将阜安门西城墙打开一个豁口，新城人骑着外国产的三枪、僧冒牌自行车到旧城吃喝。新城鼓楼到旧城北门之间开通了公交车。

1956年，为庆祝内蒙古自治区成立10周年，呼和浩特市大兴土木建设，拆除了绥远城阜安门，打通了新城通往旧城的道路，拓宽了机动车道，增加了非机动车道，重新栽种了柳树，将大马路定名为“中山路”。

呼和浩特市政府在阜安门外的淌马河畔建了一座西式风格的内蒙古博物馆，楼顶由文浩先生雕了一匹汉白玉马，内蒙古博物馆成为呼和浩特的标志。在阜安门内建了一座苏式风格的电影宫；在中山路十字路口南开设了呼和浩特市第一家国营蒙餐馆，对面是新华社内蒙古分社的小灰楼。在省府礼堂西面建了一座西式建筑风格的蒙古国驻呼和浩特总领事馆，呼市人俗称“小白楼”（现为新华社内蒙古分社）。

1956年后，呼和浩特市政府在中山路上建起呼市人民政府大楼、具有中式风格的内蒙古供销总社大楼和邮电局大楼；在中山路与锡林路十字路口东北角，建起呼和浩特市饮食服务公司国营二食堂，还建了内蒙古照相馆，国营浴池，内蒙古新华书店，内蒙古二轻局，内蒙古总工会，内

20 世纪 50 年代中山路联营商店

蒙古外贸局，内蒙古粮食局，内蒙古煤炭管理局，内蒙古团委、妇联大楼，呼市文化馆，民族旅社，人民剧场以及古丰轩饭店等；在中山路中段建起一座当时呼和浩特最大的“联营商店”（现为民族商场）。联营商店开业时由自治区政府原副主席杨植霖剪彩。

1956年，呼和浩特市各单位干部、工人、学生义务劳动，在龙泉公园挖了一个带三孔桥和湖心亭的龙泉湖。内蒙古团委动员青年团员在淌马河西挖了青年湖，用挖湖的土堆积了一座龙泉山，市政府将龙泉公园改为人民公园。之后人民公园内又添了老虎、狮子、猴子等动物，现改名为青城公园。

呼和浩特的中山路只用了短短10年，就将新旧两座城连成了一体。中山路也因此成为自治区首府的政治、文化、商业中心。

改革开放40年以来，呼和浩特市经济迅速发展，文化不断繁荣，城市建设发生了巨大变化。呼和浩特市委、市政府将中山路上的行政机关、公安局全部迁出，并面向全国招商引资，先后有维多利商厦、王府井百货、天元商厦、大天酒店等高楼大厦拔地而起。中山路现已成为呼和浩特市商业餐饮、休闲娱乐中心。

20 世纪 80 年代中山路呼市人民政府大楼

格楞、蔡树本、额博、布和、巴根、托亚夫、奥迪、赵文华在美术馆　张良　摄

“酒神合唱团”部分成员

话说发小

扫码听书

额博、奥恩、查干呼、巴根在额博家合影

“发小”一词系北京方言，呼和浩特人称其为“玩尿泥一起长大的朋友”或小伙伴。发小，大多是指住在机关大院或在一个胡同、大杂院长大的朋友，泛指少年时代的同学、朋友。

我们这一代人出生在物资极度匮乏的年代。那个时代，领导干部廉洁俭朴，干部家庭的子弟和普通人家的孩子区别不大，没汽车接送，没有名牌衣服穿，吃的都是供应的粮食。那时候的孩子，在学校里学习雷锋，课外活动看《上甘岭》《小兵张嘎》《平原游击队》《列宁在1918》等战争片。因此，我们出生在一个崇尚英雄的年代，少年轻狂，轻文尚武。我每天一下学，或者拉上同学炜明到武术家关德山的武馆站马步、练弹腿，或者到南街张宏达先生的小人书店里租成套的《三国演义》《水浒传》看。

因为父亲早逝，“文化大革命”期间，我们孤儿寡母常受邻里孩子欺负。学校、公安厅的红卫兵轮番来抄我家，为了自保，我把武馆的师兄曹中凯、张学孔、葛平、“大北京”、李新建、张茂怀、回民三子、四子、赵福恩等人请到我家大院，备上拳套，大家一起练武、摔跤、打拳，从此，我家常有彪形大汉和“社会青年”出出进进，邻里恶少、红卫兵小将都对我们“敬而远之”，再不敢欺负我们了。

那个年代，家长不给孩子零花钱买玩具。穷则思变，我们一年四季玩的玩具都是自己动手制作的，不同季节有不同的玩具、不同的玩法。最常玩的有弹弓子、抽毛猴、滑冰车、放风筝、滚铁环、吹鸽子哨，甚至是玩幻灯机、洗印箱、放大机等。我们家的立柜、沙发、小凉房都是由我的木匠师傅张孝忠和朋友们帮助建造的。

游泳英姿　巴根　摄

我家的压水井在“文化大革命”期间被破坏，我母亲寒冬腊月里提一个小桶，每天要步行几公里去打水。我的一位发小白援朝是打井队的一名技术员，他提议为我母亲打一口井。他亲自备好材料，我的小兄弟唐大运、邢田、刘雪明、炜明、毅力、奥恩、查干呼、贺远平、洪振忠、乌力吉、建军、星火等在白援朝的指导下，在院子里支起一个三脚架，用一个大弓子绑根十二米长的钢管子，十几个人轮流往地里砸，一天就打出了水。当时家里连一盘肉菜都没有，我打了一罐子九分钱一两的薯干酒，炒了一脸盆土豆丝，朋友们高高兴兴喝着薯干酒，唱着俄罗斯歌曲，庆贺我们的劳动成果。

哈素海打猎

“文化大革命”期间，我家被先后查抄了三次，家徒四壁，一贫如洗。但靠一帮儿时的朋友，几年就重振起残破的家庭。那时谁家盖凉房、挖菜窖、做家具，大家都一起帮忙，正所谓“一方有难，八方支援”。穷人家的孩子早当家，小小年纪里里外外什么活儿都干。

北方的春天风大，民间有“春风吹破琉璃瓦”之说。因此，呼市的孩子一开春就开始放风筝。做一个风筝，首先得找竹条用线绑成一个架子，再用麻纸糊

李红、星火、额博引吭高歌　巴根　摄

二女、李静、巴根、南小霞、二小、额博、方燕妮、星火在聊目山

上，制作成鹰、蝌蚪等造型，找个空旷的广场即可放飞。待风吹树绿，候鸟投林，呼市的孩子们就自制拍网、鸟夹子到新城南门（承薰门）外的小树林里，或西门（阜安门）外淌马河两岸的柳林里，捕虎布拉儿（伯劳）、屁咯吱、金翅鸟等。夏天，中午不睡觉就去南门外养鱼湖（现满都海公园）游泳，背杏核、养鸽子、驯狗等。秋天，我跟邻居——比我大的孩子回民三子，徒步到十公里远的大青山哈拉沁抓蛐蛐，上到金山捉蝈蝈。冬天，我们自制冰车、冰鞋，上内蒙古大学的湖里滑冰，要么骑马打仗、顶拐拐，玩得大汗淋淋。现在大家回忆起儿时的生活，都感到特别快乐。

我家住在新城西落凤街37号，左邻右舍不是被判刑的国民党军政人员的家属，就是普通百姓人家，生活都十分艰苦，这些穷人家的孩子都懂得承担家庭重任。我放学后或节假日常常跟上这些孩子，到西街妇女门市部捡菜叶，或到桥靠村拔草养鸡喂兔，饿了钻到菜地里偷柿子、黄瓜吃，渴了就喝自流井的水。为了节省煤，我们推上自制独轮车去内蒙古日报社的锅炉房捡煤核；待附近的铁工厂（呼市一机厂）放假，便翻墙进去捡废铜烂铁，卖到废品收购站，挣点儿钱买曹子糕、核桃酥解馋，或者到东风园下饭馆。

我从小丧父，没有父辈兄长做靠山，我是长子，得撑起这个家。我在社会上广交朋友，现在

根 摄

儿时伙伴 马克·吕布 摄

我的朋友圈以文化艺术界的朋友为主。在众多朋友中，交往时间长，没有利益冲突，纯粹以情相交的，还是从小相伴的朋友。

发小，口音相似，口味相近，情趣相投，重义轻利。小时候在一起逃学旷课，养狗、喂鸽子，偷过鸡，摸过狗，爬过火车，进过公安局，去“五一水库”打过群架，做过苦力下过乡；喝过八分钱一两的薯干酒，抽过九分钱一盒的经济烟，买过五分钱一个的白焙子，吃过三毛六分钱一盘的过油肉；组织过盛大的舞会，同是“酒神合唱队”的发起者。兴时，有福同享；难时，抱团取暖。即使远在他乡，仍相互牵挂。生活在一个城市的，无论尊卑贫富，五十多年风雨相伴，不离不弃。

发小之间，知根知底，一清二楚。在一起，不拘礼节，轻松愉悦。人到晚年，眼前的事记不住，过去的事情忘不了。

如今，在人生的路上，绚烂至极后归于平淡，于是常邀老友相聚，品茗叙旧。推杯换盏间，忆往昔峥嵘岁月，位卑不忘修身；立鸿鹄之志，振兴家国。看今朝，幸福生活，人老不忘初心；恋故土，惜旧友，修身健体魄，安度晚年。

旧城大什字三里花炮社的花炮摊位

吹起唢呐庆新春

话说过大年

扫码听书

春节，又称旧历年，蒙古族人称为查干萨日（意为白日）。在中国的众多节日中，过大年是最盛大、最热闹的节日之一。改革开放后，许多中国人走出国门，到了每年春节，世界各地的中国人都要相聚在一起，扭秧歌、舞龙、耍狮子，庆祝春节的到来。中国的春节已成为世界上非常具有影响力的节日。因此，2023年联合国将中国农历新年春节定为联合国官方假日。

2024年腊八节一过，呼和浩特的园林工人就在街道两旁挂灯笼、布彩灯，夜晚的大街小巷里张灯结彩，火树银花，充满了节日的气氛。呼市越来越漂亮了，人们的生活水平也越来越高了。但不知何故，我还是十分怀念小时候过的大年。那时候一进入腊月，我每天都会翻看日历，数着手指头盼着过大年。

年夜饭

贴年画

呼市编织社生产的灯笼

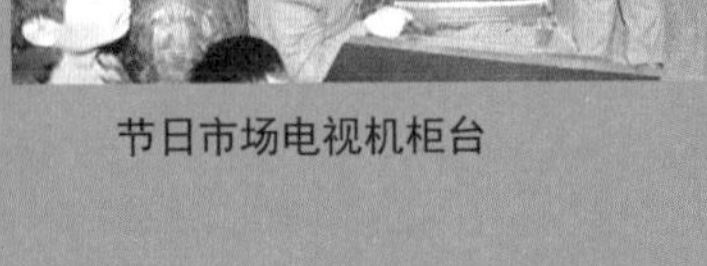

节日市场电视机柜台

记得以前每年刚过腊八节，我妈妈就拿上户口本去居委会领肉票，拿着食品票、布票、棉花票、工业卷，开始采购年货。新年临近，新城百货商店就会摆出当年十分紧俏的商品，如永久牌锰钢凤凰大链盒自行车、美多牌的半导体、上海全钢的手表、蜜蜂牌缝纫机等。新城西街的瑞兴号杂货铺，购进河北的柿饼子、冻梨、黑枣和东北的榛子，茅台酒和牡丹牌、大前门牌香烟也适时出现在柜台上。在西街妇女门市部，一张肉票能购买两斤猪肉。内蒙古盛产牛羊肉，回民“红眼牛羊肉铺”卖的牛羊肉不要肉票。南街鼓楼下拐计合副食品店里，卖冻螃蟹、带鱼和黄花鱼的摊位前排满了从南方来的大学教师。蒙古族很少吃海味，更喜欢南街回民二福才店炸的羊油麻花。粮站也新增了富强粉白面、芸豆、胡麻油和黄米。南街南门里前巷有一个由满族务农人员组成的团结社，社部大院有个石碾子。我妈妈每次会将泡好的黄米带上，在团结社院里推碾子，将黄米碾成面。本地人过年要储备吃半个月的馒头、饺子、炸糕和摊黄儿。我家是从东北来的蒙古族，过年除了准备肉食，还要做黄米面的蒸黏豆包、饺子、炸果子和馒头。

真假毛驴闹新春

腊月二十三是小年，要祭灶王爷，吃麻糖。传说这天灶王爷会上天宫汇报民间的工作，人们做麻糖是为了粘住灶王爷的嘴，不让灶王爷说民间的坏话。小年一过，我妈妈就会请西落凤街十一号院的裱糊匠贾师傅给我家裱屋顶、刷房子。贾师傅是个大高个子，刷出的房子横平竖直，房子干了墙面就像白里透青的豆腐块。打扫完家我妈妈就开始拆洗被褥，然后去西街山西忻州人开的裁缝铺，给我们兄妹四人做新衣服，腊月二十九再到鼓楼新华书店买年画。年画的内容有历史故事、神话传说、戏曲人物等。我们家每年都会买“年年有余”“穆桂英挂帅”等主题的年画。把年画贴在刚粉刷完的房子的墙上，白土子伴着年画的油墨香，家里便充满了新年的气象。

我父亲长年在北京工作，很少回呼市，但每逢春节他一定会回来。我小时候盼过年，也是盼父亲回来给我们买好吃的、买玩具。小时候过年最喜欢的就是放鞭炮。20世纪60年代，呼市还没有湖南浏阳生产的礼花、窜天猴、满地开花等五花八门的花炮，我们放的炮都是三里营花炮社产的红二踢脚、小鞭炮和闪光炮，一到腊月我就开始攒钱买鞭炮。腊月二十八那天，我们便到市毛浴池洗澡、理发，干干净净地准备过大年。大年三十晚上全家人

制作红灯笼

孩子们放鞭炮

正月初二回娘家

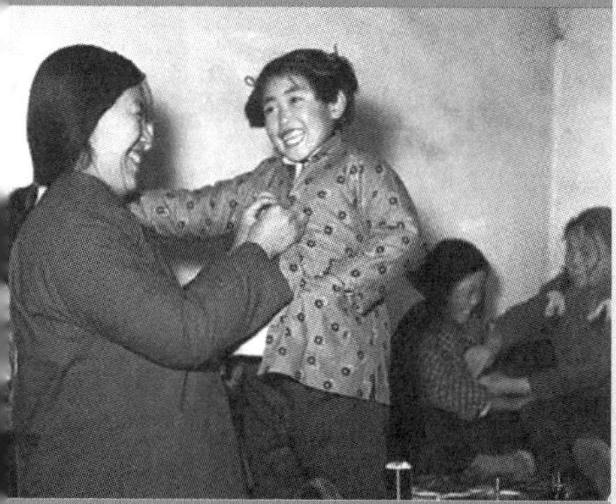
过大年穿新衣

敲锣打鼓迎新春

喇嘛湾镇的演出队

一定会吃什锦火锅和酸菜馅儿饺子。到了凌晨12点，家家户户就开始放炮、点旺火、迎财神，一起守岁。

大年初一的习俗讲究不能动刀，不能扫地、倒垃圾，并且不能说不吉利的话。一大早我妈妈就会带我们到前院给父亲拜年，父亲给我们压岁钱。我们家由于特殊原因，亲戚朋友不允许互相拜年。春节期间我们只能在前后院跑着玩耍，如果有客人来给我父亲拜年，我们都要到后院回避。我父亲去世后的第一个春节，我们才开始和亲戚朋友相互拜年。参加工作后，我才知道拜年是中国人重要的礼俗，是和领导、同事礼尚往来、联络感情的重要形式。之后每年大年初一，一大早我就会穿上里外全新的衣服，将自行车擦得锃光瓦亮，约几个工友，去领导、师傅家拜年。

拜年的时候进门就要说："过年好！"然后坐下吃一块糖，嗑一把瓜子就走。从初一到初五我和工友们结伴而行，骑上自行车从新城到旧城，尽管十分疲惫，但大家欢声笑语、喜气洋洋，领导和同事们的感情也增进了。那个年代过年，条件好的家庭会在茶几上摆些北京王府井的杂拌糖、炸果子、柿饼子、黑枣，大多数家庭只能准备点儿瓜子和本地产的水果糖，喝一杯小叶茶。我去哪一家拜年都要嗑瓜子，直到将舌头嗑麻了为止。

春节期间的文化娱乐活动一般是到电影宫看一场电影，或者去新城西街的克勒部剧场看二人台、晋剧演出。大年初一，旧的习俗是嫁出去的姑娘要在婆家过年，大年初二是嫁出去的姑娘回娘家的日子，民间称"回门"。这一天，大街小巷里净是穿着新衣服、骑着加重自行车的一家人，车梁上坐一孩子，后边是怀抱婴儿的新媳妇，手里还拎着盒点心。在农村，"回门"的媳妇身穿大红袄，牵着小毛驴，箩筐里坐着一双儿女，行走在乡村的小路上。

大年三十放花炮迎财神

秧歌队拜年啦

桥靠村的秧歌队

大年初二回娘家的路上

正月初五，民间又称“破五”，从这天开始可以动刀做饭、打扫家、倒垃圾了。正月初十在民间传说里是耗子娶媳妇的日子，呼和浩特人这一天要吃莜面。

正月十五最热闹，这个时候大年也进入了尾声。早上起来我吃完煮元宵，就听到城南桥靠村的大喇叭里吆喝：“村里秧歌队吃完油糕、粉汤，就欢欢喜喜地进城了……”街上也由远渐近传来敲锣打鼓的喧嚣声。我和邻居家的孩子们兴奋地往街上跑，远远就看到桥靠村、团结社和大台村的秧歌队划着旱船，骑着小毛驴，踩着高跷从南门外进来。穿着民族服装的满族

旧城大什字

二人台表演

穿着新衣服的孩子们

山村里的戏迷

大年初一团圆饭

三十晚上的鞭炮齐鸣

妇女打着太平鼓打头阵，各秧歌队先集中在鼓楼下，然后到高级人民法院照壁前表演各自的秧歌绝技。新城著名武术家关德山先生，率领弟子踢开场子进行一场精彩的武术表演。中午时分，秧歌队行进到诺嘎拉大街，原是巴王府的新城区政府大院拜年。秧歌队沿途经过的机关、饭店、商号都会给他们一些烟酒和糖果。

正月十五这天人们将烟花爆竹放完，街头的锣鼓喧嚣渐远，门前巷尾的旺火熄灭，大年就算过完了。如今，呼和浩特市高楼林立、灯火璀璨，人们的物质、精神生活也丰富起来。大家相互拜年也都用手机了，虽然免去了走街串巷的辛劳，然而人们现在过大年，总感觉不如以前热闹了。